漂泊的种子扎根大北京

与古都站在一起

听一听北大石狮子的心跳

未名湖吹来温柔的风

站立起来的国家图书馆看得母亲眼花缭乱

金色的光芒

# 母亲的北京城

陈克锋 著

中国文联出版社

图书在版编目（CIP）数据

母亲的北京城 / 陈克锋著. -- 北京 :中国文联出版社, 2022.2
ISBN 978-7-5190-4841-9

Ⅰ. ①母… Ⅱ. ①陈… Ⅲ. ①诗集–中国–当代
Ⅳ. ①I227

中国版本图书馆 CIP 数据核字 (2022) 第032070号

母亲的北京城

著　　者　陈克锋
责任编辑　刘　旭
责任校对　胡世勋
装帧设计　中尚图

出版发行　中国文联出版社有限公司
社　　址　北京市朝阳区农展馆南里10号　　邮编　100125
电　　话　010-85923025（发行部）　　010-85923091（总编室）
经　　销　全国新华书店等
印　　刷　天津中印联印务有限公司

开　　本　880毫米×1230毫米　　1/32
印　　张　6.75
字　　数　130千字
版　　次　2022年2月第1版第1次印刷
定　　价　49.00 元

# 诗人的心灵秘史

——读陈克锋诗集札记

芦苇泉

从荷马时代起，在欧洲，诗人一直被视为历史的见证人。

诗歌被当作民族或个人的心灵秘史。

陈克锋诗集《母亲的北京城》着眼母亲从沂蒙山乡村来到北京城那几年的时间里，表现出来的不适感，以及忧伤、失眠、失落，还有那些简单的快乐和劳累后的轻松，那些说不清道不明的自豪和对未来的向往。诗人总是及时察觉到母亲言行以及精神上的微妙变化，并将它们点点滴滴记录下来，一行一行地积攒下来，就这样裒然成集，有了将要付梓的《母亲的北京城》。

这本诗集启发我思考如下几个问题：中国新诗诞生百年来，它有着怎样的使命，又如何行使了使命？什么样的诗歌才是新时代的好诗？陈克锋诗歌呈现出的特点有哪些？

诗歌首要的使命应该是完成诗人心灵史的书写。

中国新诗已有百年的发展历史。我们回过头去看，那些打动过我们，让我们念念不忘的诗篇、诗句，往往都是真实记录了在作者内心里掀起过波澜，令诗人或者伤悲，或者喜悦的一些事件或者感受。这种事件或感受必须像闪电一样击中过作者的心灵。仅靠卖弄想象力，玩文字游戏，玩形式花样，是打动不了任何人的。每一个句子，必须经过诗人敏感心灵的筛选。可见，诗歌唯一的任务就是真实记录下人们的心路历程，真实呈现心灵的波动，情感的温度。一段时间以来，大家都在谈论新时代诗歌，研究当前诗歌应该担负的职责，我看有些讨论是没有多大意义的。因为不管在哪个时期，不管旧诗还是新诗，它的职责、功能，简单来说，其实就是记录下诗人在受到震撼的时刻而产生出的隐秘的感受（只有作者本人才有的，基本不会被别人重复或去重复别人的）。

中国改革开放40多年来，各个领域、各个方面所发生的改变，是难以想象的。这其中，就有城乡差距的变化。改革之初，感觉城乡差别越来越大，最近又感觉，城乡之间的界限变得越来越模糊，这在中国几千年的历史上，是从未有过的。随着经济的发展，从乡村到城里上学、工作、打工、居住的人越来越多，这些都是模糊二者界限的最好的“橡皮擦”。

陈克锋的这部分诗歌，是通过近距离观察、感受母亲，有了许多的“秘密”发现，凭借一种自发的责任感，“偷偷”地把这些发现藏在心里，去分析、消化，然后再用笔把它抄写下来。母亲由一个大山里的传统妇女，没出过远门的外省人，来到大都市北京城，那种陌生环境下引起的种种不适应，应急排斥，那种惊慌和胆怯跃然纸上；接着诗人写了母亲的坚强、坚韧，她在抵抗中慢慢地适应，慢慢地变得舒服、轻松，有时还会生发出一份主人公感、自豪感，母亲在渐渐地找回她的自信；把母亲作为一个如此背景下的矛盾体，用心去感应，用赤子的显微镜去洞察，这一系列的行动，也可能都是处在一种不自觉的状态之下完成的，并不是故意为之，这本身就是一种关爱，是心疼母亲、关心母亲，然后自觉地记录下了母亲的这一系列喜怒哀乐，以及母亲的顽强、母亲的抗击打能力、母亲的胸怀。

母亲这个人物形象好就好在她是由遥远的乡村来到中国的首都，母亲是来为在北京工作的儿子帮忙看孩子的。这里面存在两个或者更多个矛盾，一是城乡矛盾，二是家长和孩子的矛盾。城乡有差距，母子之间也存在差距。这里面有经济差距，也有文化差距。把这样一个人物放在改革开放，城乡在不断发生着变化的这样一个大背景下去给予诗性的观察、观照，十分具有典型意义。如果把这样一个母亲去北京看孩子的故事，放到四五十年前，可能就是一个简单的保姆的故事，但在新时代，我感觉就不再那么简单了。在改革开放 40 年间，在那些巨大的变化里，一个乡村妇女的身上有了哪些精神方面的变化？如果在准确的观察之后，写出一份报告，这当然是十分有意义的。这份报告对于诗人本身，对于他的家族，对于一个国家，都十分有意义。母亲从沂蒙山到北京大概住了5年时间，开始十分不适应，慢慢地母亲变得放松，到最后，母亲留恋起北京，逐渐有了些微的主人公感。在母亲身上这些变化的转换速度是相当快的（对比之前5000多年的相对静止）。这个加快了的速度，本身就能说明很多问题。

“接连不断的咳嗽 / 排出一列 / 返乡的老火车 // 最厉害的一次，在深夜 / 我看见母亲 / 咳出父亲的一亩荷塘（《咳嗽》）。”母亲就像一棵故乡的庄稼或果树，把她从熟悉的水土和阳光里刨出来，移栽到北京的天安门广场或王府井大街，她对异域水土的排斥是如此厉害。这里面有陌生环境、陌生文化引发的不适，也有乡愁掺杂其间。母亲可不是简单的人物，因为她见过的风雨也不少，她的内心也足够强大。母亲并不总是“喜欢晒太阳的母亲，每日呆坐室内 / 怕北京的风（《风》）”，她开始想办法对付这种疾病一般的苦楚：“住处到菜市场的路 / 三百米，从此分成六截走 / 一天五十米，每五十米走四个来回 / 等到记住所有的柳树、砖头、垃圾堆 / 母亲才开始进入下一截（《母亲的作业》）。”

对于母亲采取的这些应对环境的办法，诗人看在眼里，记在心里，他找到一个适当的机会在为母亲点赞：“母亲站在手动跑步机上，有些慌乱，不知 / 先迈左脚，还是先抬右腿 / 有时左手和右手打架，有时右脚和左脚打架 / 力不从心的母亲，与自己较劲 // 经过健身广场，我看见发愣的母亲 / 被阳光 / 偷偷亲了一口（《健身广场上的新亲戚》）。”诗人能够发现母亲被阳光偷偷地亲了一口，说明诗人不仅时时刻刻在关注母亲，他也在心疼母亲。这个带温度的亲吻，可以说是阳光亲的，也可以理解成就是儿子亲的。有的儿子看见母亲来到大城市后那种笨拙的反应，可能会生母亲的气，或者嘲笑母亲，当然这些感觉都不会有恶意。但诗人不这样，他在同情母亲，当他发现母亲正在慢慢地找到办法，从一定程度上改变了与大都市的对峙、减缓了排斥程度的时候，他认可了母亲的能力、毅力，忍不住为母亲加油点赞。

但母亲能够将那种处在别人的城市、别人的生活里，转几个弯，变成别人的城市也有我，别人的生活里有了我的生活，是十分艰难的。在过去年代同等类型的人物身上，可能用上一生的时间，也改变不了什么，到头来，可能别人还是别人，你还是你。但在这个新时代，母亲稍做努力，这个弯就转过来了。不能不说，这是时代赋予母亲的能力、勇气，也是权利。在这种描写里，时代的伟大轻易地被彰显出来。

“小狗跑一段路，等一等 / 等一等，爬一层，领母亲进家门（《小狗》）。”母亲还在这种不适应的路上，艰难迈进，连小狗都来帮忙。到这时候，母亲还是有点压抑："（母亲）就哄：'别叫别叫，人家是房东啊 / 再叫，就不让你住了。' / 小狗眼神惶恐，叫声 / 憋在喉咙（《租房者》）。"但从这里可以看出，母亲开始放松，她的话里我们似乎能听出一种苦涩的幽默味道。

"阳光、花香、鸟声，渗进尿布 / 母亲每天，亲了又亲（《晾衣绳上的童年》）。"慢慢地，母亲变得更加轻松。

这时候，母亲有了一些主人公的感觉，不再一味地把自己当作异乡人、乡下人。"檐下，妻正在喂奶 / 母亲爬上长长的陡梯 / 再颤巍巍地下来 / 谷子金黄，撒在公燕 / 必经的墙沿（《蜗居》）。""檐下，老燕子飞走了 / 接鸟粪的硬纸板还在 / 巢内，呢喃温热，时光缱绻 / 母亲每天惊慌失措地看几回 // 有时，麻雀的声音，也让母亲 / 莫名惊喜（《空巢》）。"燕子是候鸟，随着四季的更替，总是迁来迁去的，母亲有同感。另外，母亲对燕子有一种自然就有的亲切感，在老家母亲或许见过很多燕子，或许家里的屋梁上每年都住着一窝燕子。母亲找到了乐趣，找到了新的担忧，这种状态显然比起刚来北京城时的放不开手脚强多了。

"母亲站在出租房门外 / 对着一群衣服中的被子 / 发呆（《被子在哭泣》）。"母亲时而在担忧另一个租户的命运，时而找寻着自己的快乐："女儿躺在摇篮，眼睛微闭，突然睁开 / 妻子和母亲轮番表演 / 一个唱《上学歌》

/另一个步履蹒跚，笨拙地/表演《两只老虎》（《生活素描》）。”

但母亲还不能算是一个北京人。“每有大事来临，母亲就在农历上/小心地画个圈，浅浅微笑/深深叹息（《换算》）。”无论怎样改变，母亲和北京之间总不会放下所有的戒备。她的一部分仍然属于乡下，她的内心里时刻都装着一部她所熟悉并习惯了遵从的“农历”。

“僻静的厢房内，母亲对着两尊废弃的佛/鞠躬，鞠躬，鞠躬（《在潭柘寺邂逅两尊废弃的泥菩萨》）。”也许这是母亲在向生活低头，向尚未富足安好的生活寻求和好的契机。母亲寻求的是一种自己尚不具备的力量的护佑。

“回到房间，母亲掏出纸箱底的旧棉袄/陶醉似的，闻了三遍（《一亩阳光》）。”这些隐秘细节，只有敏感的诗人,具备了一颗敏感的赤子之心的诗人才能够去发现。

对于诗人来说，发现、见证和记录母亲在北京的种种表现，是一个基本的任务，但这还是浅层次上的书写。对于家族史来说，这些单纯的记录，尽管重要，但尚未上升到精神和心灵的层面。只有诗人参与、融合了母亲的心灵变化，才具备心灵史的高度：“我抱着还差三天满月的女儿/坐在副驾驶座上。母亲和两个民工/蹲在闷黑的车厢，让我喘不开气//妻子和女儿/在驾驶室内，透过窗玻璃/看车斗里的我，一手扶着老母亲/一手紧拽小狗/罪人一样，向生活低头（《关于搬家的五次叙述》）。”其中“罪人一样，向生活低头”这一句，就是诗人把赤子之心同母亲的母爱之心连在一起、融合在一起，一起跳动，一起经受无奈生活的冲击。

“宰杀它的时候，没有一丝挣扎，这只公鸡 / 翻翻眼看看陌生的我，又不舍地望了望父亲 // 当天夜里，我又听到它叫了 / 两遍 / 母亲说，是三遍（《从山东，父亲带来两只鸡》）。”母亲感受到的，母亲的失眠，诗人同样感受到了，诗人同样和母亲一样在漆黑的都市之夜，饱受失眠之苦。我的意思是，只有像这样把自己的心和母亲的心交融在一起跳动，你才能写出心灵史意义上的好诗。

“母亲和孩子回到山东 / 她的被子，依然 / 蜷缩着 / 渐渐地，在暮色中睡着了（《母亲的被子睡着了》）。”直到母亲离开北京，诗人聚焦在母亲身上的视线也没有放下。他看到了母亲留在北京的被子，感触到被子上的余温，继而拟人化地把被子想象成母亲：“蜷缩着”，“在暮色中睡着了”。这里面尽管只用了两三个短句，但它能够说明的问题，可能要靠一封长长的家书才能够表达得清楚。

“原以为乡下才是母亲的 / 没承想 / 母亲也有她的北京（《题记》）。”母亲内心里那股强大的能量，在母亲没来北京之前，或者母亲刚来北京时，诗人是不会想象得出来的。在儿子的眼里，母亲由于不适应环境造成的缩手缩脚的拘谨，让儿子断定母亲不会喜欢北京，母亲只能够远远地看着北京，她们之间永远不会发生什么亲密的关系。

但随着时间的推移，母亲恢复了山野里那棵枝叶繁茂的大树的活力，母亲渐渐地融进北京，有了自己理解的北京。别忘了，母亲来自沂蒙山，那个地方的妇女可不是小巧玲珑、说话小声细气的。她们自古到今，只要给她自由，给她机会，她们就能风风火火地闯出一番天地。比如在战争年代这里出现了用乳汁救伤员的红嫂，还出了一个庞大的像红嫂一样同情革命、支援革命的先进妇女群体。可惜母亲只在北京住了短短的几年，如若再给她十年，我相信，她一定会把自己变成北京的主人。

诗人看着母亲渐行渐远,那个身影融进群山的暮色中，无比地留恋，无比地珍惜，无比地怀念。“母亲在北京的五年，是我童年 / 复活的五年 /……亲切的乡音，如同乳汁（《娘》）。”

北漂心态其实也是我们这个时代的一个重要心态。一个人独自漂在大城市，没有自己的房子，没有自己的家，甚至没有一个明确的未来，生活动荡。但这其中，不可否认，也掺杂着许多的快乐和向往。诗人这样描写自己的或别人的北漂（但无论他描写谁，但最终写的都是自己）。“她们漂得比我更彻底 / 几块木板，将家支撑在 / 立汤路的摊子上（《卖馒头的女人》）。”诗人在与别人的比较中，得到的不是快乐，是忧伤。

“有空没空，老胡就这家听听那家瞧瞧 / 如果恰巧有人在做爱，他就 / 踮起脚，将目光 / 紧紧地挤进门缝里（《房东老胡》）。”这是北漂者的无奈，在一阵阵大风里，你的生活只能这样动荡、无奈。

“我看见你（小猫咪）坐在一辆三轮车下 /……仿佛还是以前我们从房东手中 / 租赁来的 / 那些相依为命的日子（《日子》）”，“好像我比它（猫咪）更可怜 / 好像我比它 / 更像一个无家可归的孩子（《求救的呼唤》）。”诗人，每看到与自己的北漂相似的情景，都会陷入不自觉的比较之中，连看见一只流浪的猫咪，也会拿出自己的命运与之比一比。

“我打工的妹妹，沿着乡下的土路 / 来到城里……/ 有点妩媚，有点妖娆 / 像今晚的弯月，对着未来，偶尔 / 苦笑了一下（《城市半空的弯月》）。”这句“苦笑了一下”深刻地触及了诗人的灵魂，也刺疼了这个时代的神经。

“一群蚂蚁，在黑暗中用力……/ 掘出一座奔跑的新城 // 比黑暗更黑，越掘越黑 / 这一批走了，又有更大的一批 / 涌来（《一群黑夜中的蚂蚁》）。”诗人看到了整整一代人，前赴后继参与着北漂，并且，这支队伍无休无止。

“那只时常到我房间蹭水喝的老猫 / 在二楼平台上，喊我 / 像喊一个 / 流浪的孩子一样 // 老猫卖力地喊我 / 我卖力地回应 / 我们分不清 / 生活让谁更委屈、更渴望重逢——（《叫喊》）。”诗人有时候感到自己的命运比起流浪猫来，也好不多少，这不是同病相怜，而是自怜自忧。

“每天 我从梦中醒来 / 都要先看一看蜘蛛还在不在 /

偶尔也能发现/它沿着我老家的方向/一步一步又爬了回来（《地图上的蜘蛛》）。”这种描写，似乎是诗人在不厌其烦地把流血的伤口一次次扒开，在这种无法痊愈的哀伤中，试图找到安慰，而不是自弃自虐。从诗人的诗歌中，我们始终能够读到诗人对他人（他物）的怜惜，对自我的自信。

值得关注的是，陈克锋的北漂简史，主要是抒发了自己的感同身受和同病相怜。他多数是把眼光投放到别人的身上，在那里他试图寻找到自己的“同谋”，拉起手，竖起一座墙，共同来抵挡远远地越过沙漠和长城吹来的冷风。

“突然就想到/父亲那片荒郊野外的桃园了（《想起父亲的桃园》）。”这是每个北漂者都有的疼痛。

“每次回故乡，都是/一次对找不到自己的确认（《山风吹过旧时光》）。”在这个时代，只要你北漂了，似乎你就永远地丢失了，在哪里都不会再找到你。这些人已经没有了家。

北漂者的心总是一头连着北京，另一头连着故乡和母亲。在这本厚重的诗集里，诗人就像一只能量庞大的蜘蛛，在不断地吐丝织网，把北京、故乡和母亲紧紧地连起来，裹起来。

然而，北漂只是一个阶段，一个或长或短的过程，一旦北漂者获得成功，有了属于自己的家，那种北漂心态就荡然无存了。北漂史，往往会成为那些成功者的光荣史。

诗人陈克锋的职业是新闻记者，他的每一首诗几乎都呈现出了新闻性这个特点。写新闻需要作者敏锐的发现，快速的捕捉，另一点就是要求所选事件必须具有典型性和新鲜感。陈克锋的诗歌在篇幅上相当节制，可谓每一首都称得上是短小精悍。这些诗歌永远是新鲜的，似乎无论什么时候去阅读，它都是新鲜的。但这种新鲜感，却不能淡化这批诗歌的文献价值。

如果要写一部北漂史，选一千个人把他们的北漂故事写出来，我想肯定会是一部厚重的中国当代奋斗史。这里面，有了诗人的参与，不仅会增加篇幅的厚重，还会多出一些浪漫、忧伤，以及诗意。

（本文作者系著名诗人、作家）

# 目 录

## 第一辑　母亲的北京城

## 第二辑　漂在北京

## 第三辑　山东在上

## 第四辑 人在山河

## 跋

## 后 记

# 第一辑　母亲的北京城

女儿出生
母亲带来了鸡蛋、小米、喜钱
和自己的乡下
原以为乡下才是母亲的
没承想
母亲也有她的北京

——题记

# 进京

一株老玉米
乘着月色，从沂蒙山腹地，向北方
呼啸而来

一张软卧票，牵引 K51 次列车。北京
一夜无眠，皱巴巴的咳嗽声
漫过山河

内衣补丁攥好喜钱，麸子抱紧鸡蛋
北京站出口，辨不清东西南北
不敢走动的老玉米
被这些乡下亲戚陪着，忐忑不安，不敢正视京城
凌晨四点的眼睛

# 小狗

用脚踢，挥扫帚赶
小狗狂吠不止，与母亲顽强对峙

最后小狗与母亲和解
就像一个漂泊的人，与异乡和解

下楼倒垃圾，母亲，一抬头
不见北
小狗跑一段路，等一等
等一等，爬一层，领母亲进家门

此后，小区多了一道风景
有时，母亲领着小狗
有时，小狗领着母亲

## 母亲的作业

母亲丢了自己。住处到菜市场的路
三百米，从此分成六截走
一天五十米，每五十米走四个来回
等到记住所有的柳树、砖头、垃圾堆
母亲才开始进入下一截

一只大红冠子的鸡在笼内喊母亲
两条活蹦乱跳的鱼在水里喊母亲
三根下奶的圆骨头在台上喊母亲
一双小脚，把菜市场走成一位严考官

有时等不及了，天不亮
母亲就到院门口张望
一个五十米，两个五十米，三个五十米
四个五十米，五个五十米，六个五十米

三百米的路，是作业
春寒料峭，母亲后背
——汗水中打出的大对号

## 一亩阳光

同居一室，也叫不出彼此姓名
母亲纳闷，城里咋没亲戚

洗完尿布，楼下空地
一块石头被雨水冲白。母亲端坐、微瞑
她感觉，眼前的一亩阳光，和乡下的一样
那一树鸟鸣，足有两公斤重
微风是懒的。母亲坐了半个下午
也没嗅到，一缕烟火味

回到房间，母亲掏出纸箱底的旧棉袄
陶醉似的，闻了三遍

## 健身广场上的新亲戚

乡下的，来到城里
一切都新奇

那个红衣老太，手摇辘轳浇园子
那位白衣老头，骑着车子赶大集
那个青年，绳子拴在腰上，嗨嗨地拉犁

母亲站在手动跑步机上，有些慌乱，不知
先迈左脚，还是先抬右腿
有时左手和右手打架，有时右脚和左脚打架
力不从心的母亲，与自己较劲

经过健身广场，我看见发愣的母亲
被阳光
偷偷亲了一口

# 旧棉袄

旧棉袄在墙上
皱皱巴巴，一脸苦相

深夜，烟火打开，拧亮
不言语的灯盏，映照远去的村庄

## 活在农历

感谢制作日历的人
还能给农历针鼻大的缝隙，苟且喘息
感谢使用农历的人，哪怕他们把农历
藏到骨子深处，庞大的猥琐里

感谢母亲，她活在农历里
她在雨水、芒种、白露、霜降中转侧身子
在北京的钢筋混凝土，让我也能摸到
故乡的根

忘记农历，我穷成一阵风
盲目、急促、乏力
在久远的二十四节气里，为母亲
慌里慌张地，串联自己

# 换算

“今天几号？”
回答母亲提问，我都要
习惯性地顿一顿。然后
换算。很吃力

有时忘记了，面对阳历
母亲度日如年，总觉得天不黑
有时算错了，母亲在床上
一整夜
翻来覆去烙着大饼——

二十七，海淀妇幼保健院
孙女降临人世，结实得像块石头
二十九，老家天井，三只小羊出生
其中一只站不起来
倒在父亲怀里
初二，双堠大集，碳酸氢铵和奶粉
跟着父亲回家……

每有大事来临，母亲就在农历上
小心地画个圈，浅浅微笑
深深叹息

## 晾衣绳上的童年

母亲在顶楼晒尿布，风暂时在
房内发呆

曾经三年不见的亲娘
就在我眼旁

我多幸福
女儿，让我和她一起回到童年

我多惭愧，北京站口
坐等风口两小时，我差点，认不出母亲

阳光、花香、鸟声，渗进尿布
母亲每天，亲了又亲

## 租房者

孩子太小，蛐蛐咳嗽都能把她惊醒
何况犬吠

房东淘气的小泰迪
楼上楼下练嗓子
我们的小狗跟着咬

最慌的是母亲，恐吓、打
不奏效
就哄：“别叫别叫，人家是房东啊
再叫，就不让你住了。”
小狗眼神惶恐，叫声
憋在喉咙

我小时也这样
一淘气，母亲就说：“狼来了。”

我们任性
都有害怕的时候

# 风

喜欢晒太阳的母亲，每日呆坐室内
怕北京的风
把自己又一次关在门外
北京的风，是异乡里，不相识的风

这与老家多么不同
天井里的风、山坡上的风、沟壑内的风
溪水中的风
跟着母亲屁股撒欢的风
掀起衣襟替她擦泪的风——

一个个都是
乖孩子

# 一根针

一根针，驮着村庄飞翔
一根针，带领河流奔跑

一根针，拴劳父亲，神情恍惚
一根针，握住母亲的茧手

离开补丁
针不能称其为针

在棉被打滚的日子远去
一根针，闭合翅膀，从人间消失

这是北京的深夜。乡下母亲
轻捶心口，小声咳嗽

一次次缝住快要溜出喉咙的
喊疼声

## 婴儿床上，女儿在舞蹈

母亲说——
织布从春天开始
满工分

妻子想起
单位的午间操
不过如此

仰面敲架子鼓的人，是快乐的闪电
被我
一把抱起

## 蜗居

走廊探头蹲着一只公燕
温暖的呢喃
斜溢燕窝
那只母燕始终露着
半个身子

檐下，妻正在喂奶
母亲爬上长长的陡梯
再颤巍巍地下来
谷子金黄，撒在公燕
必经的墙沿

夜里，母亲忍住疼痛
不敢翻身
不敢呻吟
一窝小燕，在她的身体
从山东飞到北京

# 城里的村庄

母亲每天去一次公园
公园内，好多乡下老人在看孩子
他们流浪在北京
拢起各地的方言取暖

在这偷来的闲中
母亲，回到内心的井沿
照自己
照缝进补丁里的
粮仓与父亲

## 咳嗽

喝不惯北京的风，母亲咳
吃不惯北京的水，母亲咳

接连不断的咳嗽
排出一列
返乡的老火车

最厉害的一次，在深夜
我看见母亲
咳出父亲的一亩荷塘

月光皎洁
沿着母亲的白发
哐当哐当地跑

一路锋芒

# 被子在哭泣

烈日下，一床被子
嘤嘤哭泣
它为什么哭？它替谁哭？它的哭
为何如此伤悲？
母亲的疑问，得不到回答

这床被子，一个劲地
哭。嘤嘤地哭，像
流离失所的孤儿一样无助，
母亲站在出租房门外
对着一群衣服中的被子
发呆。半天，没说话

这床被子，是隔壁一对小夫妻的
他们第 15 次搬家后
终于抛弃了它
母亲夜里，还经常听到它的哭声
嘤嘤的，像流离失所的孤儿一样哀怨

有很长一段时间，被子的哭声没有了
母亲就莫名地忧伤
独自一人坐在楼下的平地里
替被子哭，嘤嘤的
像流离失所的孤儿一样孤独

## 受伤的卒子

白胶带缠住脑袋
顶着一个大叉号，受伤的卒子
沿着楚河汉界
往前拱

简单包扎一下。受伤的卒子
闭上眼睛，咬着牙，昂首挺胸
不停踉跄的脚步
直至被一次次吃掉

面对飞马猛炮，即使深陷迷魂阵
也继续往前

母亲深夜无眠，看到丢盔卸甲的
卒子，昂着头
等待一次，痛快的砍杀

她在棋盘前坐下来
将它
轻轻放到“将”的位子上

## 生活素描

东邻小姑娘，童声稚嫩——
妈妈的妈妈叫奶奶
爸爸的爸爸叫爷爷
西邻小男孩，醉生梦死，在唱——
情难自禁　我却其实属于
极度容易受伤的女人

女儿躺在摇篮，眼睛微闭，突然睁开
妻子和母亲轮番表演
一个唱《上学歌》
另一个步履蹒跚，笨拙地
表演《两只老虎》

我坐在院子里。一只蚂蚁
一步步爬上瓜藤
再急匆匆地爬下来

# 楼顶上的农业

房东在前，扛着一大袋泥土
老伴在后，背着一小袋沙子
整整三天，海淀区两只八旬的老蚂蚁
沿着楼梯，一级级爬上来
一级级摸下去
身影无声，集结号令
黄瓜、水萝卜、南瓜、辣椒、茄子
向楼顶紧急运动
一场城里的农业，在春天
与母亲碰头

母亲从此不再转向
站在房东的楼顶
村庄　坐北朝南
菜园　坐北朝南

## 告蚊书

行军床上的老人，是我的母亲
她的皮肤苍老，血管干瘪
婴儿车内的孩子，太小
我身旁的妻子，因为生产，而贫血
还有小角落里，狗子微小的梦
——请你不要打扰

同为天涯沦落人
我不吝惜，借你一点血
如果你渴就喝吧
反正
我的血管，奔流着孤独

## 老丝瓜

还是一粒种子的时候，风
就把它吹到了顶棚上
喝着鸟鸣长大，一张
清水的脸

老丝瓜和小女儿身高相等
他们紧紧拥抱
亲着吻着，谁也不放手

我吃力地举着女儿
听到
老丝瓜幸福的心跳和喘息
梦幻中的故乡
在金色的阳光中
晃了两晃

## 回不去的故乡

有意收我为徒的四木匠，赌博输光家当走了
我的心空晃了晃，矮了半截
微笑在我眼前，大锛高高扬起，轻轻落在脚尖

前邻一只残手的二奶奶走了，泥燕飞进城里
我的心空晃了晃，又矮了半截
故乡，无人再坐青石桥，告诉我父母南洼割麦北岭种豆

靠给人垒墙赚顿酒喝，逢喝必醉的驴头走了
我的心空晃了晃，又矮了半截
骂他馋死的胖女人，再没走出院落，小路揽荒草入怀

摸过我们家的棋，借过父亲的耧，用过母亲鞋样的人们
陆续走了
远在中央电视台，我多年未见的童年伙伴，突发奇病也走了

记忆中的人，像坟上的草
一岁一枯荣
他们墓地集合，江湖亮剑

母亲的讲述，让我走在大街小巷
眼前晃过许多熟悉的身影
全像陌生人

## 空巢

檐下，老燕子飞走了
接鸟粪的硬纸板还在
巢内，呢喃温热，时光缱绻
母亲每天惊慌失措地看几回

有时，麻雀的声音，也让母亲
莫名惊喜
长翅膀的来自东南，它们的声音
便是乡音

## 关于搬家的五次叙述

第一次，房东涨价
我们从西苑搬到了中关村
狠狠心留下了流浪的小猫咪

第二次，中介赶人
容不下我们收留的流浪狗
我抱着还差三天满月的女儿
坐在副驾驶座上。母亲和两个民工
蹲在闷黑的车厢，让我喘不开气
女儿还不知道什么叫漂泊
猫一样窝在我怀里
用酣睡，和已经习惯的气息告别

第三次，搬进北大蔚秀园潮湿的平房
女儿，虎头帽顶着天棚，委屈的小脸
叫我心疼

第四次，搬到西二旗，我费了好大的劲
对刚会走路的女儿解释
搬家，搬家了

可这个家是我们的吗？

第五次，女儿学会了拒绝
她说“别”，嘴没闭上，泪先流出来
我强忍欢笑，故意击掌高喊——搬家啰
那个春寒料峭的清晨，妻子和女儿
在驾驶室内，透过窗玻璃
看车斗里的我，一手扶着老母亲
一手紧拽小狗
罪人一样，向生活低头

终于不用搬家了
在温泉花园，在我们复式的房子里
女儿学会了爬楼梯
从上到下，从下到上，从上到下
从下到上，练习数数
从一数到十，从十数到百
她把玩具大象、毛驴、狗熊、大白兔
放进塑料椅子
从客厅推到卧室，从卧室推到厨房
边推边喊——
搬家啰——搬家啰——
搬家——

# 到郊外找亲戚

时间长了，母亲就带领我们
到郊外找亲戚——

玉米年纪很小，就老了
胡须越长越长，越长越长
小麦是愣头小子
它不像韭菜，柔柔弱弱，不禁风

婆婆丁在乡下和在郊外没啥区别
母亲都没给起正儿八经的学名
荠菜向菜市场的柴鸡蛋招手
谷子在阳光下打瞌睡

蜜蜂与一朵南瓜花谈情
一块坷垃姓陈，一只蚱蜢姓高
秋天咕嘟着嘴唇，将蒲公英的种子
吹向天空

女儿看着姓胡的萝卜

看着，看着，就说出了疑问——
你怎么长得这么快
我都不认得你了

## 和父亲并排坐在北京地铁里

这座烤烟炉，和我
并排坐在一起
泥土、烟叶，在周围
集结

乡村辽阔
狭窄的地铁里，它穿透黑暗
呼啸而来

化肥袋子
捂不住花生米忐忑的心跳
人群嘈杂，我依然听得清——
它们的
窃窃私语

最底层的大南瓜
比父亲醒得早
就在昨天上午，它还款待过一只
大红公鸡懒洋洋的瞌睡

烤烟炉不敢抬头看人
地铁驶过一站
他的内心就哐当一下

## 从山东，父亲带来两只鸡

那只母鸡，在纸箱里窒息
把它的头囫囵剁下，也没见一滴血
这只公鸡，倒是硬挺了下来，在北京熹微的
黎明中，响亮地吐出乡村

母亲也听到了。打鸣，九曲十八弯，像在呼唤
即使剪去了翅膀，绑牢了双腿，它依然没忘记
自己的职责
这只大公鸡，陪伴父亲整整两年，现在
它要用来给我的妻子下奶

可惜我们的菜刀被生活锉得，实在没有多少刃了
我就当锯使
宰杀它的时候，没有一丝挣扎，这只公鸡
翻翻眼看看陌生的我，又不舍地望了望父亲

当天夜里，我又听到它叫了
两遍
母亲说，是三遍

## 母亲的被子睡着了

母亲和孩子回到山东
她的被子，依然
蜷缩着
渐渐地，在暮色中睡着了

暮色
尚不及母亲老
这床被子和母亲一样
喜欢早早上床睡觉
这一爱好
让我不忍

每晚睡觉前，我总是
习惯性地为它
掖一掖被角
母亲的体温，就在
腊月的寒冷中，悄悄地
溜到我的手中

## 和女儿喊山

春节回老家，女儿能跑会说了
作为父亲
多么幸福
更让人欣慰的是，从此以后
我们可以一起喊山了

我喊一声“沂蒙山”，女儿
响亮地“哎”一下
女儿喊一下“沂蒙山”，我
响亮地“哎”一声

村庄北岭。彼伏此起的喊山声
让人觉得，我们是叫魂的两个
异乡人

女儿越喊越兴奋，那只酣睡的野兔子
跑出了一溜烟
我越喊越心虚，怀疑自己不是故乡人

回到北京，我们也喊
女儿在厨房大嚷："沂蒙山！"
我在书房"哎"一声
我在卧室呼唤"沂蒙山"
妻子在阳台"哎"一下

# 一只蚂蚁走在朝拜的路上

这是一只过了青春期的蚂蚁
成熟得有些深沉。它沿着台阶
靠右行走，一脸肃穆庄重
它要在千佛塔下，看一看那些佛是否
做好了过冬的准备，看一看
这里的香火比往年如何
它走呵走，大口喘气也不停息
浑身冒汗也不停息
它沿着第十五阶的青石板右拐
进入了塔座。它磕了九九八十一个响头
许了一个愿，用目光一一
与佛打招呼，尽管它
发自灵魂的呼喊，细微得
足以让人忽略
一千尊大佛小佛还是听见了
有耳朵没耳朵的都听见了
一只蚂蚁的虔诚，让高高的佛塔
心跳加快，面色潮红，一只蚂蚁的
叩拜，让一阵西北风

驻足、凝望，不发一言

我在塔外，看着这只蚂蚁发呆
天哪　该从哪里找一个空位
安放这第一千零一尊的佛

# 一只蚂蚁走向秋天深处

它把夕阳狠狠地甩在身后
两只铁钳似的门牙
咬紧肥胖的青虫子
吃力地　拖向前去

它把自己长长的影子
一次次按倒
而把奄奄一息的青虫子
一次次抬起
从身旁经过的大大小小的蚂蚁
彼此打个招呼陆续走了
只有它憋着一口气
不停地拖　拖　拖

再经过一片菜地　一个村庄
再穿越两条小马路
就是伤感的圆明园了
它要把这份粮食储藏好
找一个安静的角落

陪伴大水法过冬

这只蚂蚁在一个暮色四合的午后
向秋天深处走去，它走啊走
脚步何等坚决
心灵多么悲怆

沿途那么多等待表决的叶子
郑重地投了它一票
又一票

## 北京动物园即景

两只猴子怕冷，吊在树杈上
蜷头而眠，两条长长的尾巴
垂下来
玉米蜥不可一世地面对观者
首次登台的剧毒蜥面若桃花
狮子冷静地趴在山洞里
守着一棵碗口粗的树。守着
大树所站立的肃穆的深秋

东北虎瘦坏了
孤独比饥饿更让它憔悴
全身的皮松弛下来，毛色
失去了光泽
它们不停地踱步　来回地走
在寻找着从前的自己

只有河马石悠闲的，把鼻子、耳朵
全部埋进水里
一分钟　两分钟　八分钟

等得人们担心它是否
会将自己淹死的时候
才抬起头来
甩甩小耳朵，喷几声响鼻，张嘴
河马的嘴巴大开，显摆着七八颗长短不一
参差不齐的大门牙，愤怒地冲天
长吼三声

一位沉默不语的女童突然发话了——
它是培训的吗
喧闹的人群　猛然间
静了下来

## 亚运村的喜鹊

水立方没了水，鸟巢不是你的窝
乌鸦兄弟的玻璃瓶、石子没有运来
粮食还在田野里
这个冬天，该如何对付饥渴

亚运村的一只喜鹊不在乎这些
它比云飘逸，扑在落光了叶子的
银杏树上。是谁竖来竖去的
大拇指

这只黑色的引信
比我渴望点燃一排春雷
这个肥胖的逗号
阻挡一场大雪，于千里之外

冬天的乐章，帷幕大开。喜鹊
以一枚重音，轻盈登场
让祝福
雪花般地，覆盖了京城

# 在潭柘寺邂逅两尊废弃的泥菩萨

这是两尊。一尊大的，没了头颅
一尊小的，缺了胳膊
小佛斜靠在大佛的怀里
甜甜地睡着了
大佛打坐、执掌、念经

泥水和就的血脉，秸秆扎起经络
这两尊
还没登场就谢幕的佛

外面，香火正旺，木鱼敲着夕阳
那些虔诚的信男信女
僻静的厢房内，母亲对着两尊废弃的佛
鞠躬，鞠躬，鞠躬

两只热恋的麻雀
从大佛断了的头颅
扑棱棱
飞了出来——

小佛还在酣睡

# 娘

从我独自闯荡世界那年开始，就没再
喊过一声

这颗种子，已经，被我心中的热泪
烫熟
汩汩地，煮成了一枚坚硬的石子
岁月，又把它无情地炼成了，一块钢

堵得我，难受
拱得我，心慌

母亲在北京的五年，是我童年
复活的五年，也是我生命复苏的五年
亲切的乡音，如同乳汁
让我唇齿流香
可贪婪的我，还是喊不出

我和弟弟说“咱娘”
我和乡下的父亲说“俺娘”

我和亲友聊“俺娘”
我一遍遍地跟着女儿学拼音
用尽所有的力气，最终，还是
喊不出

人生苦短。泪河缓长
一块坚硬的钢铁回到一枚圆滑的石子
一枚圆滑的石子回到一颗柔弱的种子
春暖花开
需要穿越多少
漫长的寒夜

我却没有多少时间，可以大大方方地对着童年
亲热地喊上一声
我只能在内心一遍遍练习——娘、娘、娘
只能纵容它一个劲地
拱、拱、拱

## 和女儿晨跑

女儿放寒假了，我还是拽着她晨跑
像我小时候，牵着母亲衣角，踏上回家的路

梦想叫不醒我，就让闹钟叫
一遍不行，两遍。三遍可就迟到了
闹钟从来叫不醒女儿，孩子还小
她还不知道什么是梦想
我就在隔壁直着嗓子喊：跑步，跑步，跑步

每天，每月，每年
我不是在锻炼。我每天只是试图，跑醒自己
女儿迷迷糊糊，陪着流浪的咪咪跑
迷迷糊糊，陪着流浪的爸爸跑
迷迷糊糊，陪着奶奶的北京城跑

小区里，到处都是我们
流浪而快乐的风声
启明星那时还在闪烁，女儿每天都会惊喜地说——
爸爸，那颗星星不流浪

是呀，这个世界即使太多无情
也待我们不薄

## 巡逻的喜鹊

一只花喜鹊。沿着圆明园南墙
踱着方步巡逻
清朝的风吹着它，头皮上的长缨
扣不住一顶乌纱帽
这只喜鹊，沿着墙外走，沿着墙里走
不停地用嘴巴敲敲。不停地用眼睛
的余光看看
晚上，它有时栖息在故宫，有时干脆住在
颐和园万寿山的临时驿站
它一心一意地巡逻。时光的青苔
历史的烟云，使得喜鹊
一次次放慢了步伐与
哀鸣

一片古老的月光，在喜鹊体内酣睡
多少朝代的急促马蹄，才能把它唤醒

# 母亲的北京城

如果可以大刀阔斧地砍
删减到最后
最饱满最诗意的
或许，就是这个书名了

乡下母亲在字里行间
打量着北京城
有些熟悉，有些陌生
她们同样的高度，让我仰望

每个字都像我
走得磕磕绊绊，却横平竖直
每个字都是母亲，发散
故乡的光芒

春天的土埂上
我赤脚跑过童年
阳光中的母亲，被风
拂乱了头发……

# 第二辑 漂在北京

春风打开新书
我清了清嗓子，准备给微澜的
湖水
和潜藏的闪电
上一堂课

——《春风》

# 驯鸟的人

在后海，一位老人
调教两只鹦鹉如何生活
一只背诗，每天都不重复自己，不错一字一句
另一只懒　拒不发言谢绝表演
一次次地从敞开的笼门
飞出来，啄食主人掌心的米
啄上一气　再飞进笼子

两只虎皮鹦鹉，沿着不一样的轨迹
同时飞丢了，鸟类的翅膀

有时，我看见老人得意地
微微一笑
有时我发现，围观的人群
其实也在一个大敞四开的笼子内
伸长好奇的脑袋，像鹦鹉
一样，被貌似五彩缤纷的生活
调教着　身不由己

## 绣花的男人

这是怎样的一双手
骨节宽大　黝黑皴裂
与之匹配的应该是一把锤子
或者锄头
在这双手的作用下
应该有叮当的声音和着
响亮的咳嗽

眼下，那个男人
握着的却是一根针

他对着十字绣成千上万的小格子
飞快地扎下去　迅速地提上来
眼镜几乎低到了画布上
他一针针地穿引着
把花终于绣进自己的身体里

在金钱　日子　柴米油盐里
穿针引线，上下起伏

他在生活辽阔的江山里，在
锋利的针尖下奔走。把
眼镜几乎低到画布上
对着十字绣成千上万的小格子
迅速地扎下去　飞快地提上来

旁边跷着二郎腿抽闷烟的
是他的老婆
针线纷飞中
她抬抬头向超市内望望
再使劲剜上丈夫两眼

# 艺人刘钢

他捏着毒蛇的脖子
命运捏他的脖子 顺便
捏跛了他的脚
他攥着毒蛇瘪瘪的肚子。冬风
两面夹击，他的肚子也被攥着
也是瘪瘪的
艺人刘钢，张大嘴——啊　毒蛇也
张大嘴——啊。谁的嘴比谁的大
他们已经两天没吃东西了

毒蛇没腿，他有腿
有腿的刘钢不如没腿的毒蛇跑得快
毒蛇想逃跑，还是被他一把拽住了
刘钢把毒蛇塞进嘴里
用力塞。塞得毒蛇
只剩下一条细细的小尾巴，左摇右摆
和观众打招呼。热情比痛苦多

刘钢扎煞着双手，努力地蹦跳，随

动感音乐，左摇右摆
向看热闹的人苦笑，献着殷勤
饿也不敢说。毒蛇在食道内
软软的、滑滑的，让刘钢一次次忘记
饥饿的滋味。毒蛇比刘钢更胆小，它一说饿
刘钢就会掐死它。那样，到死，它也
没能吃上饱饱的一顿

繁华的中关村。这场表演
为时三天。在巨大的喧嚣中
我只听到，几枚硬币
撞击铁缸发出的，空洞的声音

## 烤羊肉串的人

母亲的药费 女儿的书费 儿子的生活费 老婆的针线费
小姨子的喜钱　村长的烟酒钱　中医院院长贴身口袋
内的红包钱
像七块羊肉。沾着血
连着筋，被串在一根细长的
铁丝上，烤，烤，烤
烟熏火燎，眼泪鼻涕，烤羊肉串的人
满面尘灰，是现代都市里的一个小鬼

房价坐着火箭飞天，他不关心
经济危机关系中美，他听不懂
他只在乎与自己的小日子相关的这几块肉
每天拨过来转过去。像打一个小算盘

每隔一段时间，他就从母亲女儿儿子老婆中
删掉一个。物价疯了
进城没两年，一根铁丝上
只剩下了四块肉
烤羊肉串的人，轻轻劝回就要喊

出声来的咳嗽

把轻微的生命烤得更瘦弱一些
把单薄的日子烤得再模糊一些
哪怕只剩下一根空铁丝
也要每天拨过来转过去。他像穷困潦倒的账房
老先生。盘点长长的一生，残余的岁月

## 卖菜的中年男子

大棚支起来，风就进不去了
冷就进不去了。即使雨霜冰雪来了
也在棚外干着急
这样，他就可以从容淡定地
给每一个萝卜量体重
替每一棵大白菜抱紧干净的内心
夜里，卖菜的中年男子
把芹菜搂入怀。要不就抱紧两根
瘦小的丝瓜

他怕冷　一筐鲜嫩的菠菜
比他更怕冷　他怕冻
一袋子挂着嫩花的黄瓜
比他更怕冻

一枝子藕，被风吹断了腰
气若游丝，他恨自己不是李时珍
一筐红柿子伤风感冒，集体打喷嚏
他怨自己非华佗。青椒们满脸都是

冻疮，他心如针扎，遗憾
孙思邈过早去世
上千年

卖菜的人，顾不上脸面，涕泪横流
他跺着脚。骂那场突如其来的
寒流，又似乎在哀求——
你就是把我冻死，也不能冻着我的菜
老天爷，行行好

现在，一切都好了。大棚
支起来，风就进不去了
冷就进不去了。即使雨霜冰雪来了
也只能在棚外边，急得跺脚

可是，卖菜的人，在一场奇大无比的雪中
和他的菜
一起永远地睡了

## 鼓捣原创音乐的歌手

原创音乐。歌手戴着
五角星，青春，在几根弦上
颤抖。吉他盒子内，零乱的纸币
一元五元的、十元二十元的、五十一百元的
十二枚硬币，埋在最下面
静静地躺在当晚一顿火锅香辣的梦里
原创音乐。灰太狼、喜羊羊也被
请进了歌词，或亢奋或忧伤地
布道——爱情是什么，爱情是什么？
爱情就是灰太狼、喜羊羊。哦啊呵哎嗷——
鼓捣原创音乐的歌手。声嘶力竭
顶着北风。顶着西风。多卖力

台阶上坐满了人，走了的，接着被填上
暮色四合之时，这个空，就没有空过
台阶周围站满了人，走了的，接着被挤上
每一平方厘米，都是脚、脑袋、眼神
每一平方厘米，都是呼喊、口哨、掌声
几个摆摊的，忘记了摸到跟前的城管，忘记了

带着一包小商品慌不择路地逃跑，忘记了
带着一颗小小的生活的心
藏着希望和侥幸，狼狈不堪地逃跑
被一次次逮住。被一顿顿训斥

我有时坐在台阶上，一声不吭地
充当看客，穿着大裤衩子、长背心
我有时站在人群里，披着风衣，裹紧羽绒服
不动声色。在一片沸腾中，听不到命运一丝回响
我有时，偶尔也能有点发现。屁股之下、腿脚之下
传来中关村地铁细微的喘息声、匆忙的脚步声
它闭着眼睛，在奔跑。飞快地奔跑。无论白天黑夜
都在和这个古老的北京城，一起奔跑
从不睁眼看看前面的路，从不低头向道路认输

多么投入。多么孤独。多么疲惫

## 那个送水的孩子

那个送水的孩子，不是送水
尽管燕京、雀巢、乐百氏 以及
乱七八糟牌子的水
都在他的电动三轮车斗里。卷成一把鸡毛的
收据，每天斜插上衣口袋
晚上睡觉，十有八九
会忘记拿出来，放在一个蔫头蔫脑
一年返乡一次的皮箱上
那个送水的孩子，不是孩子
十七岁的青春，干瘪瘪地
裹不住一夜囫囵梦
尽管他在我的诗歌里偶然地客串了一回
我也不会像慈善的导演，给这个角色发饷

那个送水的孩子，是闪电，在狂奔
把茫然无措的人群，把轿车
像过往的岁月，甩在身后，毫不吝惜
那个送水的孩子，狂歌劲舞，耳麦
插进耳朵，乱七八糟的词

被他破锣嗓子蹂躏得一塌糊涂
他把腿盘在车把上，唱
一首什么歌词都没有的歌

过了春天是夏天，过了夏天是秋天
过了秋天是冬天
他在唱，他唱什么，谁能说清？
我从窗子望去，只捏住一小截尾音——
要命不要命就是不要命

## 亚运村邮局的小辫子

十平方米的手机柜台内，站着六个年轻人
每天午休，我去溜达，他们都
机械地问——先生，您需要什么？我不回答
只看其中一个男青年，短发潜伏的小辫子。垂在
后背上，长长的小辫子
隐在制服的绿色里，使他像个被清朝抛弃
忘记回收的小官吏

偌大的邮局，被切割得七零八碎
婚纱照、盗版图书、火车票、飞机票、纪念币
挤进来，把信函、包裹顶在猥琐的角落
展不开手脚。小辫子和同事
心平气和地招呼、微笑。它一点也不
注意让我别扭了两年多、滑稽了两年多
不屑了两年多、无端感慨了两年多

突然有一天，小辫子不见了
我绕着柜台，转了一圈又一圈，都没找到
没了小辫子的地方　空空的

比我辽阔的孤独还空。这种空洞，使我
更加渴望看到长长的小辫子
很别扭、很滑稽、很不屑，很让人
无端地感慨，无端地泪涌……

# 敬礼

走在夕阳金色的余晖里
亚运村巡查的小保安
突然驻足立正注视着我庄严地
敬礼
我以为自己做错了什么
疑惑着与他擦肩而过

回过头去　我看见
小保安不停地举起右手
举至脑门　训练有素地
敬礼　敬礼　敬礼

我笑了
频频向工作练习敬礼的小保安
像我迷恋诗歌一样
丝毫不敢亵渎新鲜的生活

## 亚运村的盲人

一个盲人。在中国工商银行
的台阶上，数着硬币
他一枚一枚地数。一个一个地看
一次一次地琢磨，硬币反射的阳光
是银色的。盲人的青眼球
被银色的阳光照亮
他的嘴巴张得老大，咬牙切齿
很痛苦，很快乐
他拿在眼前盯得时间最长，让他
最有质感，最快乐的那枚
是游戏币。一个痞子刚刚赏赐了他

地下通道，盲人撤离的地盘
被一位老盲人占领。
他戴着灰色耳脉，横吹长笛
地上，除了扩音器，还有一根打狗棍
只是现在，他连狗也打不了
只能为了多舛的命运，偶尔打打自己
他坐在扩音器上，卖力地吹着曲子

## 一个醉酒的人抱着他的兄弟

一个男人，抱着电线杆子。像在
异乡偶然相逢了兄弟
一个男人，抱着电线杆子。鬼哭
狼嚎。像死了他们，共同的娘亲
他说老婆、孩子、爹娘、朋友、邻居、仇人
他谈房租、水电、化肥、种子、酱油醋
这个人，鼻涕一把泪一把
横着一把竖一把，把哀愁
全部糊到电线杆子光滑的肚皮上
他说黄海、利比亚、意大利、奥巴马、联合国
他谈美女、别墅、宝马、黑心商人
一根精瘦的电线杆子，今天成为
世界中心

他说着谈着哭着叫着。突然，酒把他晃醒了
他愣怔了一下
很快地变成了哑巴

## 老包

一个废弃的中巴，是老包北京的家
平时，三轮车夫聚集在老包的修车铺旁等活
喊他：老鸨，老鸨
老包并不恼
依旧若无其事地拿起铁锤放下锉子
给每个缺油瘪气的日子
加大运转的速度

老包的黄段子不逊色老虎钳子
顺手拈来就能撬开民工满是黄牙
紧闭的大嘴巴
哄笑声中 老包和他的黄段子
统一的冷色调

这段日子，民工们听说老包
远在川中的老爹快不行了
只有这块心病，时常让他
在一片喧闹后静寂下来的深夜
徒自心疼

我唯一见过一次动感的老包
他坐在电动车上，两条长腿前伸，抬得老高
头发白得像一面旗
时速五十公里地狂奔在社区街道上
像落在香山的那条
银色闪电

# 亚运村拔草的农民工

城里的孩子，整齐划一
好金贵

乡下的麻雀，山谷的风声
带领马尾巴、荠菜、婆婆丁
浩浩荡荡，进城务工多年了

亚运村，这些带着苦味的草根，埋头
一门心思地干活
裤腿、鞋壳、皱纹，掖不住野孩子的身影
开满茧花的手。青筋毕露。它们
从草坪中，把三妮子、二狗子、四顺子
毫不犹豫地扔出来

## 看守菜摊子的花狗

我捧着它的脸，像一个孩子
摇晃着。向它撒娇
菜老板家的花狗，这真实的情感，使我每天饭后
都要去看它一次，摇它一次，问候它一次
而且，一定把它抱起来
高高地抛向空中，接住，再轻轻地落到
地上。这时的花狗，温顺、柔和、不吱一声
比舞伴还像舞伴

转过身来。我发现
我们的真实
让两位中年男子目瞪口呆

## 中科院幼儿园门前即景

放学没有铃声。各种型号的轿车
各种表情的家长，就是最好的铃声

两个男孩在比赛，标语牌下的空档
做球门，空餐盒是足球
凌空射入。欢呼、拥抱
我第一次看到敌我双方
可以为胜利与失败，同时庆祝

两个女孩在阻击，一只蠢蠢欲动的
虫子。它左冲右突，始终无法摆脱
小小的包围圈，前路没了，退路
也找不到。一个忐忑地问另一个——
它吃人吗

那个小帅哥，将捏泥人的袖珍花篮
拔下插上插上拔下。他责备爷爷——
人家喜欢，也不买吗
三个女生绕着一根柱子转圈，飞跑

她们摸摸对面的玻璃，再回来
嘻嘻哈哈，乐得一塌糊涂

只有一个男孩，因为刚买的喜羊羊
摇头摇尾地飞进中关村上空
靠着墙根号啕大哭
捏泥人的家伙，一边捏着灰太狼
一边偷着嘿嘿地笑，他把自己的狡黠
捏进了灰太狼不太明显的眼角

## 地下通道

破黄草帽，跪着
缠满白绷带的拐杖，跪着
豁口红搪瓷缸，跪着
地下通道，此时，空无一人，跪着

我的肉体走过，发现自己的
灵魂，也是跪着——

虚无的世界里，我们到底乞求什么

## 转经筒的女孩

在车水马龙的北四环，在中国 IT 前沿阵地
在人来人往的中关村一街，在科育社区的筒子楼后面
一位女孩背着休闲包，右手转着经筒，走在人行道上
她每走一步就转一圈
她每转一圈便走一步
那份淡定使她看起来
更像青海湖畔一位虔诚的信徒

她转动，转动，转动，不停息
单薄的衣衫下
藏着一个水草丰美、牛羊成群的大草原

## 卖养乐多的妇女

她的存在，让我
无从下笔

“养乐多，营养可口的养乐多——”
站在北辰集团冬日的十字街头，这位妇女
把寒冷与风声，一点点地
喊出灵魂

我不买，每次走过她身旁
都要看一看这些瘦孩子
一排排
地站在那里
伸着脖子，探出脑袋
看着我

转眼到了春天。这位妇女
站在十字街头，手里绣着十字绣
恣意绽放的牡丹
渐渐开在她掌心

我又听到了那句
熟悉而亲切的喊声——
“养乐多，营养可口的养乐多——”
我不买，走过她的身旁
看一看这些瘦孩子
一排排
地站在那里
伸着脖子，探出脑袋
看着我

## 卖馒头的女人

她和她的馒头
都叫北漂
她们漂得比我更彻底
几块木板，将家支撑在
立汤路的摊子上

瘦弱的男人，从窄巷深处，被一笼笼
热气腾腾的大馒头
搬出来
一年不说一句话

女人空闲时，把自己交给小学课本
工整的方块字，一个个
挪进女儿的田字格，她用一笔
亲亲女儿的额头，她用一画
亲亲乡村的唇，她把一串阿拉伯数字
种子一样埋在心底

没进过学堂，卖馒头的女人

就跟女儿的笔学走路
一撇一捺
有板有眼
她很不好意思地说，现在
她只学到二年级，落后女儿两年

午后，麦香飘逸
我经过馒头摊点
看到她望着缥缈的远方
轻轻地，笑出声来

## 万寿山的麻雀

成千上万只麻雀呼天抢地
仪式盛大
从颐和园万寿山高矮不一的枝头
集体扑向布满枯叶的山坡
又从背阴的部分
聚集到向阳的一面

亲吻着每一片土　亲吻着每一枚叶
亲吻着每一棵绿草。麻雀
整齐划一
圣洁的仪式，充满热烈的祈祷
一个个重音
砸向
秋阳深处

这一情景
让我明显地感觉自己
是一个孤单的
落伍者

# 游艇上的女郎

各式各样的游艇
漂在颐和园昆明湖上

只有一位女郎
烫黄发　着一袭白底黑花的长裙
赤着白嫩的双脚　一人一艇
悠然地蹬出
翻腾的浪花

这难得一见的抒情
使她成为一首诗
晶莹剔透　洁白无瑕
在一片喧哗中
保持特有的孤独

# 地铁里的孩子

4 号线从安河桥北
到公益西桥
地铁要咬着牙跑上十九个站
一个扎羊角辫的孩子
每当地铁重新开动，都要
惊讶地嚷着——
妈妈，妈妈
壁画跑到后面去了

多么好的孩子
如果我们都有你的高度警惕
与命运赛跑
壁画肯定也会惊讶地嚷着——
快看快看
那个孩子跑过了时间

# 房东老胡

32 间房子
都是他的情人
为他攒足成捆买燕京啤酒的钱
给他的二手车加满 92 # 汽油
为他腾出足够的时间，把电表
一个一个调得飞快地跑
比牛犊子还高的狼狗，忍痛
送给别人
他貌似充沛的精力
和北漂者进行鸡毛蒜皮的战斗

唯一的儿子住进城区
由他斥全资购买的精品楼盘内
唯一的老伴病倒在
亲人长长的一声叹息里
终于成了他后半生的痛
疼在 一个老年男人
坚忍的爱里

有事没事，老胡就到楼上楼下转转
看看敌敌畏药死蟑螂多少
有空没空，老胡就这家听听那家瞧瞧
如果恰巧有人在做爱，他就
踮起脚，将目光
紧紧地挤进门缝里

# 日子

那间两面朝阳的屋子
那间只有 15 平方米的屋子
已经不是我们的领地了　小猫咪
现在一位初来北京的打工妹
暂时拥有了它，而你
将永久地告别
在书桌、床沿、皮箱或者窗台上
梳妆打扮的日子了

房东在楼下微弱的灯光中
卖力地锯着床板
他要因地制宜地把剩余的时光
截成条条块块——
待　价　而　沽

我专程回来看你
你在头里跑得飞快
钻过自行车堆　折上楼梯　拐进铁门
然而那间曾无比熟悉的房间

已不适合我们陌生地问候

就在楼下吧，小猫咪
我看见你坐在一辆三轮车下
并无失望的表情　一条腿抬得老高
吐一口吐沫舔几下毛
仿佛还是以前我们从房东手中
租赁来的
那些相依为命的日子

## 求救的呼唤

求救的呼唤
能让一个男人坚硬的心
顷刻间软下来

楼房后的空地上　隔着栅栏
一只猫咪跟我来回走动，却时刻
保持着距离
和警惕

这只猫咪守着我撒娇打滚
用小手摁倒草的长脖子
躬起身子
抓蝴蝶的小辫子

又不忘对我大声地叫喊
好像我比它更可怜
好像我比它
更像一个无家可归的孩子

## 鸡雏在喊

城里的鸡雏太孤独
它们被搽胭脂抹粉　穿上
红红绿绿的花衣裳
待价而沽

同样忧郁的孩子
陆续一只两只地领走了它们
鸡雏抗议　小嘴一张一合　喊着——
救命　救命

这清晰的呼喊　往往一下
把我拽进乡下的童年——

满院子奔跑的鸡雏被牛踩伤了一只
姥娘就扣在瓢内
教我边敲边唤——
小鼓敲敲，小鸡好了

现在　科育社区外，一只鸡雏大叫

惊恐　无助
模拟着我的样子向天空求救——
姥娘 姥娘

这春天里揪心的呼喊
让我向千里之外的土坟
连磕三个响头

## 七块钢

七块钢[①]矮小敦实，没有用在刀刃上
也不放弃自己。他们你挨我
我挨你，前呼后拥地喊上一嗓子
半个科育社区的菜刀——

齐刷刷地竖起耳朵
全听到了
开刃的、卷刃的菜刀呼啦一下
全跑出来，拦也拦不住

那个哑巴，就会把七块钢小心地
在自行车把上拴好
与它们一起，微笑着为每把
不能痛快地表达生活意见的菜刀
望、闻、问、切

一把砂轮，飞快旋转
对刀的疾病追根问底，一把一把的

① 一种通过声音招揽顾客的工具。

菜刀，内伤外伤，得以痊愈
得以真气复原。一闪一闪的刀刃用脸上
银色的光向它问好，致谢

如果很长一段时间没有
听到七块钢的呼喊
社区就会有多长时间的落寞和孤单
我就会觉得
自己的骨骼不仅缺钙、更缺铁

## 中关村广场轮滑的孩子

在我们乡下
也有这么一群调皮的小蚂蚱
它们还不太会飞
在豆荚上练蹬腿，在芝麻地里亮翅膀
在一颗晶莹露珠里，轻盈飞过
歇歇脚
要飞到石塘悬壁上，悬壁夹缝
一片瘦弱的草叶子上

在我们乡下
也有这么一帮淘气的小青蛙
它们还游不大好
翘着屁股，瞪大眼睛
左腿一划一划地在池水里
比赛似的转圈圈
牢牢地用快乐，套住自己

在我们乡下
也有这么一队可爱的小燕子

它们从矮过炊烟的屋檐下
三三两两地飞进又飞出
嘴里叼回一条两条的青虫子
坐在童年的梧桐树下写作业的我
竖起耳朵，听一片嫩嫩的呢喃
不敢
轻咳一声

# 地瓜

憨头憨脑　土里土气
像极了二表哥
八棍子砸不出一个屁

在乡下　地瓜是乳名
运进城里
就叫红薯了
即使在富人家的高压锅内翻身
也做着乡村甜蜜的梦

那些从全国各地蚂蚁似的
爬进城里的民工
才是地瓜正宗的伙计
他们搂着一个怀孕的铁炉
每天看旺旺的炭火——

把地瓜烤红
把自己烤黑
在异乡的街巷里
烤着自己的孤独

## 紫槐花

在我们老家 槐花都是白的
在我们乡下
槐花雪一样的白
这场下在夏天的大雪
每年都让沉重的村庄轻盈一回
甜蜜一回

而在北京国际会议中心南门
一树的槐花涂唇抹腮 花枝招展
向每一位衣冠楚楚的城里人
抛着媚眼
而在北辰集团的大公园里
上百株这样的紫槐
它们在寸土寸金的上上居，安家落户
坦然快乐 从来没有不安过
我终于知道
永恒是谎言
背叛才是真实的

下雨了
我和其中两株绽放着白花的洋槐
并肩而立
眼含热泪地
听它们轻声喊我的乳名

## 房产广告

不要让“家”来得太晚
不要再拿自己的辛苦钱
为别人还房贷了！
我们准备好，欢迎您——

地铁有吗？有，十分钟就到北京站了
学校有吗？有，黄冈实验学校，景山名校
小学、初中、高中，一代伟人的摇篮
商业圈有吗？有，华联、物美、风情商业街
那什么没有呢？
您不赶紧抢一套，那就什么都没有了

我从北京地铁车窗，迅速
抽出这张房产广告
上面盖着联系人鲜红的印章——
唐僧

## 城市半空的弯月

是我打工的妹妹，在精心地描眉
那么纤细，那么秀气，使我当哥的心
不由颤了一下

我打工的妹妹，沿着乡下的土路
来到城里，多年来，她们
前赴后继、风餐露宿，她们
忍辱负重、疲惫不堪。她们
从来不笑的脸，她们
今晚终于笑了一下，她们

有点妩媚，有点妖娆
像今晚的弯月，对着未来，偶尔
苦笑了一下

## 一群黑夜中的蚂蚁

一群蚂蚁，在北京的地下，疏通着
静脉，再造着动脉，偶尔也会有几条
毛细血管

一群蚂蚁，在黑暗中用力，铁锨、钢撬
掘出一座奔跑的新城。偶尔，也有几声喷嚏
惊醒冬眠的昆虫

他们分不清白昼
比黑暗更黑，越掘越黑
这一批走了，又有更大的一批
涌来

# 一串钥匙，挂在探出土墙的花树上

春光是锁不住的

我幽深的孤独，其实，是
找不到那把会说话的锁

## 在雪中

有的人走着走着
被雪
咯咯地逗笑了

有的人走着走着
却莫名其妙地
呜呜哭了

一个孩子把自己埋在雪里
大呼——
妈妈 救命

很多人在昆明湖上滑雪
有的摔出痛快的笑
有的摔出幸福的泪

沉默的千年古松
被雪堆围着
它暗暗地攥紧，生活的根

# 叫喊

那只时常到我房间蹭水喝的老猫
在二楼平台上，喊我
像喊一个
流浪的孩子一样

它在铁门紧闭的里面叫
我在紧闭的铁门外面叫
每叫一声天色就暗一下
每叫一声时光的尘埃就厚一层

老猫卖力地喊我
我卖力地回应
我们分不清
生活让谁更委屈、更渴望重逢——

## 春风

我一个人来到玉澜堂
光绪依然不在。白玉兰
败了一地
慈禧的马车，嗒嗒地跑在颐和园外

春风打开新书
我清了清嗓子，准备给微澜的湖水
和潜藏的闪电
上一堂课

# 第三辑　山东在上

大地辽阔。沿途小站
埋伏多少
失聪的耳朵

——《去山东的路上，我在慢车里数喜鹊窝》

## 地图上的蜘蛛

那只蜘蛛
无赖一样待在我的屋子里
在中国地图上
来回踱步
一副桀骜不驯的样子

那只蜘蛛
被我抄了几次家后
竟然把北京作为根据地
打开生活的空间

每天 我从梦中醒来
都要先看一看蜘蛛还在不在
偶尔也能发现
它沿着我老家的方向
一步一步又爬了回来

## 返乡的火车

临走的时候
你吼上一嗓子

到站的时候
再吼一嗓子

哐当哐当的鼾声
此起彼伏

整个夜里
你都在穿越一条愁肠

# 去山东的路上，我在慢车里数喜鹊窝

一个。十个。一百个。一千个
路途尚远，第一千零一个喜鹊窝
温暖厚重的黑色调

这些沿途支起的雷达
把一位漂泊者返回的信息，依次
传进老家

故乡。那个高高在上的喜鹊窝
守着我出生，守着我长大
守着我离开，却没守到我归来

慢车停下，喘着粗气
在它的叹息里
我的内心涌满从未有过的苍凉

大地辽阔。沿途小站
埋伏多少
失聪的耳朵

## 姥娘家的葡萄

大姨夭折得早
三姨跟了铁匠
四姨到外村教书
母亲，前村后庄地将你看大
绿葡萄紫葡萄，当了我的五姨

姥娘疼我胜过疼你
我再调皮，姥娘也只是
喊声“打”
手高高扬起，不落下

你有没有犯错我不知道
一旦我来了
姥娘二话不说，竹竿捅上去
你青涩的心事
全装在了我的肚子里

三十四年了，姥娘早已离开人世
我也没说
来北京十多年了，我早已离开故乡
我也没说

# 清明

这一天，我不允许别种颜色的花开
我只允许梨、杏、玉兰、洋槐，为姥娘
头戴白花
这一天，梨花是我的大姨、杏花是
我的三姨、白玉兰是我的四姨
洋槐是我排行老二的母亲

这一天，所有黝黑的皮肤中
泛着淡绿色光泽的树
都是我的亲戚
松是大舅、槐是二舅、榆是父亲

在雨中，他们全都聚在你的坟前
就像多年前围在你的身旁……

# 上喜坟

一千句风喊我的乳名，一万片草托我的清泪
“姥娘、姥爷”
我的心，沿山间小径，跪着前行

新家安在向阳的山坡上
两位老人，等我八年了

松树成行。芳草萋萋
三两丛酸枣，为我红了
一茬又一茬
总是等不来我

今年秋天留下的几颗
挺幸运，没被喜鹊偷吃
苦涩的味道
和儿时一模一样

## 那个垒墙的人

整个冬天，一块石头都
在搬动自己
午后的阳光，在晃动
炊烟，温柔地包围了村庄
铁锤一声一声，喊着
父亲

先给自己盖，再给儿子盖
垒墙时
母亲使了使力气，扔上一锨泥

回老家那天，父母赶年集了
我在巷子里，看见
那块青灰色的石头
把父亲，托到了高高的院墙上

## 想起父亲的桃园

突然就想到
父亲那片荒郊野外的桃园了

冬天的园子里桃树高举着手
向春天集体宣誓
比风更低的草匍匐着
将干净的阳光压在身子底下

这时候
常有一只山鸡
虚张声势地喊哑了嗓子
它笨拙地飞翔
把我的一些想法拍得越来越沉重

或许能够看到被风推醒的野兔
挓挲着耳朵跑得快过箭
当它一路狂蹿来到我的跟前
恐惧的后腿，再次扬起一缕黄烟

土屋老得矮了一截
我慵懒地靠着它眯缝着眼
看金色的阳光里

这笔锋一转的
闪电般的抒情

# 父亲的牛卖了

卖了。与父亲相伴了二十三年的老牛
换回三十六张老人头，捏在手里
不如一根短粗的拴牛绳，让人踏实
卖了。与父亲劲往一处使的老牛，结束了
给板结的黄土地强筋壮骨的使命，上了
牛贩子的汽车 一步三回头
泪眼汪汪地与父亲告别

卖了。偌大的牛棚
盛满风声的空洞。偌大的石槽
盛满雷声的幽怨。偌大的天井
满是父亲五味杂陈的
叹息声

卖了。父亲的心被牛贩子
顺手牵走。一把快镰，只能待在土墙上
远离疯长的草香，远离
风姿绰约的秋天
脊背闲得发痒，单薄的眼眶

被风吹得生疼

一想起这些，我的笔就心疼得
说不出一个字

## 父亲，在故乡抬死人

季风，一波一波地吹走了
故乡人
留下驼背的柳、干枯的井、豁牙的碾
留下疼痛的咳嗽
一眼望不到底的孤独

偶尔回来的
陆续走进坟地
与多年前的旧碑、今春的新草
称兄道弟

父亲留守村庄，从儿童变为老人
又从老人变为儿童
唯有村庄
一天天衰老，一天天
不见重生

那些睡在棺材里的，七大姑八大姨
更多的是无亲无故的人

被合力抬着 爬上山坡
那些被亲昵地骂作
“王八羔子”“臭蛋”的年轻人
不再言语

朝阳在棺材上滚过去
就是夕照
父亲，把它，一起埋进大地

我想看一看白发，都来不及

# 有些刺我们无法拒绝

墙角那窝快乐的刺猬，被母亲
用筐挎着
扔到了村外。母亲回到家
老刺猬带着嗷嗷待哺的小刺猬，成群结队
竟然比她提前到达。它们坚守着窝
惊恐的目光。使她
不忍

有些往事
同样有着桀骜的刺
搂在怀里 会刺痛自己
我们却无法把它们——
清除

## 一个驼背的人走在北风里

一个驼背的人，走在
羊肠小路上。两边，辽阔的庄稼地
在月夜里，用沉默向他问好
驼背的人。顺着这根脐带
低着头，抖着袖子，向村庄
火急火燎地靠近。山岭压下来 森林压下来
九曲十八弯的河流 压下来
村庄压下来 一只孤独的老鹰压下来
一独轮车呼热喊冷的地瓜压下来。终于
把他的背压驼了，压得他穷尽余生
也无法再直起来
他屏住呼吸，紧紧跟随着自己的影子
一整个晚上。驼背的人被拉成一张弯弓
背后为他掌灯的月亮，射不到
深夜的风，瞄准他。张拉之间
一个驼背的人，不能拒绝

村庄近在咫尺。他深一脚浅一脚地
小跑着，在冬夜
呼呼的北风里。驼背的人忽然
笑出声来

## 驼背的岂止一个老农

驼背的，岂止一个老农，在乡下
任何一个村庄，一块土地，一个集市
满眼都是挑山的人
艰难的日子
像一枚图钉，紧紧地把他们
按进大地里

驼背的，岂止一片羞羞答答的红高粱
在山野，憨厚的小麦，丰满的谷子，敦实的水稻
成片成片地
向人间及人间的子民，顶礼膜拜
向风雨雷电和如梭的岁月，山呼感恩

放眼望去
石拱桥是驼背的，屋脊是驼背的，月亮是驼背的
一根在幸福和苦难之间，晃悠了半辈子的扁担
也是驼背的。他们淌着血汗，流着热泪
忍辱负重地生活。从不忘记
醉心其间，虔诚地微笑

# 冬至

迷恋风景的人还没抬头
就跨过冬的门槛了
冬至 在日历本上卷起了乡愁的馅
包一个五味杂陈的饺子
扔在北京异乡人的思潮里 煮

千里之外 在我的乡下
亲人们总要把这个寒冷的日子
做成一顿热气腾腾的团圆饭
母亲拢起的灶火
便拨亮了今夜 路的黑
无论如何
我也要沿着猪肉白菜绿葱大蒜的香
趺趺撞撞地回到家去

我要站在村后最高的一道地堑上
替冬蛰的虫蛙
大声朗诵村庄和它的子民
大声朗诵山川和河流

大声朗诵每一棵庄稼和每一滴
钻入黄土胳肢窝的露

我要在鸡鸣前看到
冬至娘一样单薄的身影
坚决地扶起了乡村的黎明

# 小角色

那个小丑
鼻梁上一朵桃白，拘谨地站在
戏台角落里，一天
没说一句话
他陪着主角或哭或笑
更多时候不吱一声
偶尔朝童年的我
扮个鬼脸

转眼三十多年了
乡下戏台早已拆迁
没有一句台词的小丑角
还在戏中
向我笑着。一脸的
滑稽，一脸的快乐

## 村口的月亮

开始在墙头上滚
后来在枝梢上挂
再后来
竟然飘到了村庄的半空

圆而大，大而亮
这面铜锣
被夜晚俯下身子
一下一下
敲哑了

多少年来
它一直受着痛，藏着爱
学着坚忍
张开大口
向人间呐喊

# 柴垛

曾经与它们唇齿相依的
大豆、高粱、麦粒、玉米棒子
终究背叛了当初的诺言
柴垛，被孤苦伶仃地扔在村外
看着一波又一波的粮食
昂首挺胸地
开进了村庄

在通往下一场婚礼的路上
柴垛要经过春天和夏天
要翻越大寒、春分、谷雨
只有村民胃喊饿、心喊冷的时候
才会想到它的好处

我最感动于冬天的柴垛
那些曾经棒打鸳鸯
靠着墙根晒太阳的老人
那些即将接班
扼杀它们爱情的嬉戏的孩子
常常被它毫不犹豫地
揽进温暖的怀里

# 石塘

即使被取走了坚硬的内核
也要张着桀骜的嘴巴
与天空对话

# 界石

站起来
你仍没能成为碑
受人敬仰
但你并不自卑
依如有棱有角的往昔
坦坦然然地活在
乡下人的视野里
脾气一直未改
直来直去 不偏不袒
分是分 亩是亩
在你的目测里
格外清晰

# 村井

村口的老井
跟小村的历史一样深
似乎从清朝开始
它就不断签发着调令
召村东 村西 村南 村北的人
在每个轻雾飘荡的早晨
朝拜

桶里的水太重的时候
打水的人要跪下去
深情地一拜
满怀感恩
然后 把水一滴不洒地提上来

村人用这眼井水煮的米
筋道香甜
五谷杂粮喂壮
声名在外的村庄

村人用这眼井水烧的茶
清冽缠绵
茶香要在客人的肠胃
打上九九八十一道深情的弯

眼下 这口井迅速地衰老了
村人说碱太大
煮米不香 烧茶不冽
村东 村西 村南 村北的人
见面不相识的越来越多

谁知道从什么时候开始
心事重重的现代人
把欲望 愤恨 贪婪 狭隘的渣子
一并抛给了这眼
忍辱负重的老井

# 羊肠小道

其实
与飘着苦艾香的
乡土小品
没什么不同

情节
曲曲折折地深入
让一双城里来的
布鞋
找到了自己
又丢失了自己

## 一只黑狗接受叩拜

在一块巨大的山石面前，他仅是
一只毫不起眼的老蚂蚁
他双手合十，俯首跪地
一只黑狗坐于山石。高高在上
接手叩拜
另一只是黄狗，在他身后
耐心等候

这个农民，跪下去，跪得
让人看不到他的头，埋进了他的暗影
还是泥土里。他的膝盖下，羊粪蛋
颗粒饱满，飘溢着
草本植物的清香。黄牛
从木栅栏探出头

我和双眼潮湿的玉米，站在
半山腰。看她近乎失明的父亲
在山脚下的巨石面前。向农历正月
一次次，虔诚地弯下腰去
我们看到他
内心的宁静 长出一座高高的山来

# 问

漫山遍野的花，开了
你是其中一朵
我去找你，你不在
我不去找你
你还不在
你到底开在了哪里

一枝梨花，颤颤巍巍，笑脸
探出墙外
你不言，你不语
你为何不言又不语

那条山路，我揉在
手里好多年了
连自己都绑不了
我还能
绑谁

## 生活

给老王打电话的时候，他正指挥
一帮民工搬家。一位护士与他约定
十六天后，再次杀进围城
老甄，开着二手昌河，在费县和临沂
之间。始终找不到称心的一手心情

我们乡下的父亲 上午在村南挖沟
下午到北岭开荒。一刻也不停歇
一只北京的喜鹊，发音
与三十年前的那个清晨一样
它对母亲说：大姐大姐，开门挑水

一些人在改变，而另一些在坚守
他们在我左心房、右心房
来回穿梭，扶起歪了醋倒了酱油的生活
忙、乱、混杂、却是叮当有声，布满
微不足道的快乐

## 学耶稣的姑娘

老家兄弟从无信仰
大学毕业三年了
想找媳妇
问我 有认识学耶稣的姑娘吗

第一次我骂他疯子
第二次他还问
有认识学耶稣的姑娘吗
我笑了觉得他读书读傻了
第三次他还向我要学耶稣的姑娘
我沉默了——

我拼命地想
学耶稣的姑娘是什么模样
是否也如耶稣
被爱牢牢地钉在十字架上

## 乡音

一

乡音的根系，天一样广
网住散布天下的子民

乡音的根系，井一样粗
游子抱着，就能找到回乡的路

粗粗的，憨憨的乡音
直直的，硬硬的乡音

理直气壮地，将异乡的冬天
捅一个，温暖的大窟窿

二

普通话从乡村小学探出头来
轻轻拽住村民的耳朵

乡音憋着一股子拙劲
醉心其间地，听普通话爆米花般的
香甜味

三

它们在交谈：
烟台麻皮红富士、青州老姜，章丘大葱和
地地道道的苍山大蒜

这些来自山东的兄弟
用直截了当的方言
说甜道辣，说东道西

从不瞒天隐地、从不拐弯抹角
让一个驻足的异乡的人，泪流满面

# 我和你们一样

——阅读一幅卖鸡雏的照片

沿着崎岖的山路，四筐子惊恐的鸣叫
颠过来
一直颠出，朋友微信中的那张彩色照片
我的泪水，瞬间，流下

这些年，你们和那些留守儿童
背道而驰。他们的父母到了城里
开荒、要饭、被炒成鱿鱼
向任何陌生的蛮横面孔，堆出求生的笑
你们也来了，像是他们父母的孩子
在城里孩子的小手中
垂死挣扎。几乎全部，死无葬身之地

留守的公鸡和母鸡老了
比留守儿童的父母，甚至爷爷奶奶，似乎还老
它们牵挂千里之外的雏鸡
经常，夜半，被噩梦惊醒

我和你们一样，无力改变这个世界
这让我想起，当年，我也是这样
坐着父亲的木车子，一路从山中颠到大北京
屁股颠疼了
我就忍不住喊出来

## 山风吹过旧时光

每次回故乡，都是
一次对找不到自己的确认

村庄，新得喊不出我的乳名
童年的记忆，苦苦哀求
也拦不住集体向东岭坟地
迁移的旧亲戚

泥巴、黄土
紧紧抱着我的腿脚
而我，这双城里的鞋子
弄脏了路

我们骑过的竹马
复活为三株玉米
它们撂倒了西北风
终究又被时光绊倒了

我爬上山坡
没有拍打裤腿的泥土
而是把它们
一一扶起来

## 最好的诗人

其实，水的沸腾与锅的质地和谁的锅
没有必然的联系
就像今年的冬至，想一想亲人
腰就有娘的酸
泪就有爹的烫
心口就有沸腾的声响
咕咕地传来

其实，会不会写诗与是不是诗人作家
没有太多关系
只要在夜晚人静的时候，心中
常怀萝卜的青
朝天椒的红
笔下流出生活的真
你就是天下最好的诗人

# 第四辑　人在山河

你的肌肤，吐出的每一口粗气，都是一条密不透风的裂痕。

我走过你的明眸，留下，浅浅的喜悦。或忧郁。

岁月在我们的皱纹里，越掘，越深。越刻，越锋利。

亲爱的，只有在夜晚最浓的，一滴黑里，才能找到，我们的黎明。

——《最黑的一滴夜》

# 谒包公祠

包公，静美安详
短骨当一撇
残片做一捺
鲜明的“人”字
特色独具的大孤独

走出祠堂
地下深处的一声断喝
让我禁不住
再次回首

## 涂县江心洲[1]偶遇

秃了毛的老水牛 晃晃悠悠
驮着赤脚的老头
向皖江，这朵凝固的浪花浪漫行走

隔着一条浅浅的土沟
我想喊他杜牧或老子
却怕冒昧的呼唤，撞倒梦中温好的
一壶杏花酒

---

① 安徽省当涂县境内的一个乡镇，长江中心冲击而出的平原地带，上有住户近万人，酷似世外桃源。

# 汶川废墟上的槐花

整个五月，我都写不出一个字。一股冤气憋在
我的胸腔，轻轻行走，提一颗悲怆的心
整个春天，你都没说一句话
比我还像一位愤怒的诗人，废墟上的相遇
你的洁白和清香
一遍遍洗我，尘世的俗心

每一株绿色植物，和你一起，戴上了白花
哪怕，被细细的铁丝绑得咬紧了牙、流出了泪
也忍住。决不哭出声来

北川中学操场，一杆红旗挺直脊梁
一个孤独的篮球筐等待弹跳与掷投。不远处
钢架扶着残疾的楼群
这惨烈的行为艺术，让我一次次忍住内心的伤感

真皮沙发上的少女不见了。它歪着身子
差点掉下阳台，被五月的阳光，一把揽住
而在另一所学校的栏杆上

一床没来得及跑回宿舍的被子
哭脏了娇好的容颜

我在北川的静里，走着。听一阵风呼唤另一阵风
我在槐花的注视里，沉思。情不自禁地
对着一丛倔强的青草，柔肠寸断
失声。叫妹妹
这轻微的呼唤，被风和草同时扶住

## 西安兵马俑

碎成堆堆泥片
也保留秦时风骨
和马
和弓箭
和长矛
和战车
死死地抱成一团

我的好兄弟
你们辛苦了
没有弩
还要单膝着地做射击状
微笑 憋了几千年
急了就取下脑袋
天问

身后的马儿
矫健丰满 没有饿着
眼下 已过惊蛰

华清池的水清了
骊山上的草绿了
谁的坐骑累了
就出去，饮水、吃草

# 山

难得一见卧着的山

心中有佛，它就是祖胸露乳的弥勒
心中有美，它就是羞涩淳朴的阿姑

我从西宁腹地穿过
怀揣诗歌
那不过是大美青海遗落在
高原的一个
微笑的诗眼

## 舞蹈的阿姑

太阳用时间
为你酿两盏深色的
高原红
甘苦　参半

舞蹈起来　欢腾起来
旋转的青春 不容置疑地
把苦难留给了自己
而把甘甜献给了
远方

# 沉默的向日葵

第一次看见
回头朝北
面向大地的向日葵
它们集体沉默着——

爱得太深了
以致背叛了阳光
爱得太长了
以致忘记了回归的方向

向北的向日葵
你薄雾般的惆怅和忧伤
沉默的向日葵
你太阳色的幸福和向往
是否
和我的现在一样

## 酥油花

一朵碗口大的酥油花
要废掉
两位喇嘛的双手

创作之前　喇嘛把手
埋进冰冷的雪地里
降温
降到和酥油一样的温度
然后　以一腔虔诚
催开一朵朵
无与伦比的酥油花

废掉的双手
曾经的血脉
汩汩地流淌在，酥油花的
枝蔓和花瓣里

## 叩拜

随便在塔尔寺找个角落
就可以叩拜
此起彼伏的教徒
一拜
一万个响头

从这些叩拜者身旁经过
耳朵里嘤嘤作响
花香就会弥漫了灵魂

菩提树下——
到处都是
诵经的蜜蜂

# 菜籽花

漫山遍野的菜籽花
把一片片山腰染成了
刺着丝绣的手帕

阳光偷偷穿过云层
探头探脑地阅读
阿姑的心事
低头吃草的牛
零星地散布着
把一副副手帕又活动为
立体的油画

## 日月山

——献给文成公主

日山和月山
不过是你的两滴青泪
一滴 流向唐朝
一滴 流在吐蕃

在此 你宽衣解带
换上藏服
骑一匹骏马进入历史
以如花的青春
埋葬
爱情

日月山下的砂石路
马蹄声声 你的心跳
随阵阵山风郑重地布道——
大美无言
大爱无声

## 湖水中的拥抱

### 1

在九寨沟
两棵大树，一起
投身湖中

没有丝毫恐惧
在地震来临的那一刻，它们
拼尽最后的合力
拥抱那湾蓝

爱情绝美
展翅飞翔

### 2

许多个深夜，碎石滚下来
都能听到两棵大树轻微地歌唱

## 火花海

这人间，罕见的蓝色火焰
开得绚丽、饱满、隐忍、悲壮
像一个斗士
深藏着似水柔情

火花消失，旗帜还在
我还在。三万亩的阳光还在
我们一起
照耀大地，万物复苏

一只野鸭
把头插进残留的湖水中
找鱼，另一只打瞌睡，等待
温柔地亲吻

时光，和栈桥
一并断裂
现在，正被和煦的风，慢慢修复

## 瀑布中并肩站立的树群

我叫不出你们的名字
但我可以轻轻地喊出，你们内心的春天

喊出，对尘世的每份热爱
我站在高处，却远远低于你们

悬崖峭壁之上，成百上千条瀑布
向着东方纵身一跃——

我的脚下
生出硕大的根

远处的雪山，为谁
白了少年头

# 九道拐

每一道，都是愁肠
每一道，都是挽留

花香做了嫁衣
木房子静卧在童话里

牦牛给枯草腾出阳光地
于阴影里，反刍苦难

九寨沟，在九道拐的琴弦上
完成了
幸福的战栗

# 诗人的帽子

一顶诗人的帽子
持之以恒地占领着我的生活

这顶帽子，给我的不是温暖
而是寒冷。这顶帽子，给我的不是舒适
而是别扭，它彻夜
同我斗争、谈判，从不妥协

这顶帽子：爱它，我不敢疯狂
恨它，我从不轻易
我只能藏着掖着
（实事求是地讲 我更乐于藏着掖着）

若无其事地看着商者 仕者 学术权威者
顶着大帽小帽 汇成色彩的海洋
在我的视野
一闪而过

## 最黑的一滴夜

你的肌肤，吐出的每一口粗气，都是一条密不透风的裂痕。
我走过你的明眸，留下，浅浅的喜悦。或忧郁。
岁月在我们的皱纹里，越掘，越深。越刻，越锋利。
亲爱的，只有在夜晚最浓的，一滴黑里，才能找到，我们的黎明。

# 跋

## 用诗，淘一口灵魂的井

### ——诗集《母亲的北京城》印象

张 岚

七月的清晨，抬眼看出去，窗外的马路上车流如织，全都是些匆忙赶生活的人。此刻，太阳还没有出来，天有些阴，似乎有雨要来。而这样的清晨，是最适合读诗的，太清丽温婉、诗意浪漫的，反倒都不适合此时的心境，也不适合七月。其实，七月，是一个特别的月份，它是上半年的尾，却也是下半年的始，正像一个人的中年，少了“欲上层楼，欲上层楼”般少年的天真，却多了“却道天凉好个秋”的众多况味。而生于20世纪70年代、怀揣诗意、从沂蒙走出，走向首都并一直走向远方的陈克锋先生的《母亲的北京城》组诗，在这个七月的清晨，恰如一口灵魂的深井、精神的深井、诗意的深井，像一面现实主义的镜像，映照出我们回不去的乡村、找不回的童年以及永远解不开的乡愁，更照见出生活的真实和客观、无奈与思考。

强烈的现实性、现场感、当下感，是读陈克锋组诗的最大感受。有人说，伟大诗篇必须是总体性的诗歌。应该有两个维度，一个永恒性，一个当下性。陈克锋的每一首诗，无不是生活中最常见、最本真的生活再现或还原，他把琐碎的日常生活中的见闻用强烈的画面感、现场感，把当下正在发生着的、历历在目的那种生活，生动传神地呈现给读者：一株老玉米 / 乘着月色，从沂蒙山腹地，向北方 / 呼啸而来（《进京》）；那个红衣老太，手摇辘轳浇园子 / 那位白衣老头，骑着车子赶大集 / 那个青年，绳子拴在腰上，嗨嗨地拉犁（《健身广场上的新亲戚》）；房东在前，扛着一大袋泥土 / 老伴在后，背着一小袋沙子 / 整整三天，海淀区两只八旬的老蚂蚁 / 沿着楼梯，一级级爬上来 / 一级级摸下去（《楼顶上的农业》）……这样的诗句，对于陈克锋来说无不是信手拈来，读之，那个熟悉的场景就在眼前，那个人就生活在我们的身边，无不具有很强的生活质感，而阅读着的我，正是这个场景的参与者、观赏者，甚至是见证者，心便走进了诗里，走进了画面，在他特立独行又紧贴大地的描写中，读出了诗与现实的血肉联系，读出了因深入到生活的内部所特有的穿透力，读出了一份智慧和诗意的现世情怀，便会有因身临其境而忍不住会心的一笑，油然生出一份共鸣，一份碰撞和因共鸣和碰撞而迸发出的一份喜悦、一份懂得以及诗意和心灵表达的力量来。

平实朴素的语感，平和温润的语调，产生大张力，是陈克锋无可替代的特有的诗风。作品的声音是诗人自己发出的特有的声音，每个诗人都拥有自己固有的语言、语调，陈克锋语言干净，不事雕琢，如山乡的泥土，自然清新。他善用朴素、平实、舒缓的语调，描写着深刻、内在甚至是严肃的生活现实。最慌的是母亲，恐吓、打/不奏效/就哄："别叫别叫，人家是房东啊/再叫，就不让你住了。"/小狗眼神惶恐，叫声/憋在喉咙（《租房者》）。租房者的无奈、心酸甚至愤怒，通过母亲与小狗的对话，跃然纸上，正是因为这种平实的手法，读来才更有震撼的力量；"她感觉，眼前的一亩阳光，和乡下的一样/……母亲坐了半个下午/也没嗅到，一缕烟火味//回到房间，母亲掏出纸箱底的旧棉袄/陶醉似的，闻了三遍（《一亩阳光》）"，与母亲一样，那件旧棉袄上，我们一同闻到的是乡村的那份悠长、朴实、亲切、贴心的亲情和乡情啊；在《城里的村庄》里，来到京城的母亲为了寻找乡音、乡情，每天去一次公园，"公园内，好多乡下老人在看孩子/他们流浪在北京/拢起各地的方言取暖"，从这样的叙述中，我们读出了作为儿子的诗人对母亲的心疼、愧疚，然而，现实生活中，他无力让自己的母亲回到父亲的身边，享受天伦之乐；无法让母亲回归乡村，回归她熟悉的土地，他能做的，只是每天掩护母亲去一次公园，让生活在异乡的母亲内心的压抑、不适，得以释放和缓解。于是，母亲也遵从儿子的体贴："在这偷来的闲中／母亲，回到内心的井沿／照自己／照缝进补丁里的／粮仓与父亲"，平缓的语调中，我却读出了一份悲怆；其实，诗人的这首组诗中，随处都会读到诗人生活的困境与灰色的现实，诗人控制住自己的强烈诉说愿望，让诗歌保留言外之意和足够的想象空间；第五次，女儿学会了拒绝／她说"别"，嘴没闭上，泪先流出来／我强忍欢笑，故意击掌高喊——搬家啰／那个春寒料峭的清晨，妻子和女儿／在驾驶室内，透过窗玻璃／看车斗里的我，一手扶着老母亲／一手紧拽小狗／罪人一样，向生活低头（《关于搬家的五次叙述》）。诗人用平白的手法，大众化的语言，把生命两难困境一下子展现了出来，也让读诗的我，一下回想起生命中的无常与无奈，让我们与自身更真实的命运迎面相遇。一个生活在北京的异乡人的挣扎呼之欲出，生活的种种艰辛，在语言之内又在语言之外，存在的无言，沉默之中的声音，余音空淼，因此，使作品更练达，更具有了自己的张力。

永远的乡愁、对故乡的守望，极具硬度和温度是陈克锋作品的另一个特色。好的诗歌是有温度、有风骨并能显示出作家的创作个性的。向日常、世俗化世界敞开，诗中常充满浓郁的人间烟火之气，陈克锋深植于中国当代社会现实生活，用真切感和包容性，充分表明当代诗人正在承担起应有的精神担当。他的每一首诗里，无不饱含浓浓的乡情，在诗化艺术的基础上表达着诗人对现实的关怀。

我喊一声“沂蒙山”，女儿/响亮地“哎”一下/女儿喊一下“沂蒙山”，我响亮地“哎”一声//村庄北岭。彼伏此起的喊山声/让人觉得，我们是叫魂的两个/异乡人//回到北京，我们也喊/女儿在厨房大嚷:“沂蒙山！”/我在书房“哎”一声/我在卧室呼唤“沂蒙山”/妻子在阳台“哎”一下《和女儿喊山》”这样的诗句强烈地传达出一种厚重的、直面的撞击感，撞击着对自己的身份怀疑、认同矛盾以及生活在异乡人随时可见的心理矛盾与内心的困顿。与其说诗人是在“喊山”，不如说是在求证和获取，在不停地呼喊中，求证自己的存在和获得，平淡中蕴有惊雷，简朴的语言竟然可以触动灵魂。

“记忆中的人，像坟上的草/一岁一枯荣/他们墓地集合，江湖亮剑（《回不去的故乡》）”，甚至“远在中央电视台，我多年未见的童年伙伴，突发奇病也走了”，这里饱含了诗人对逝去亲人的怀念，更有对现实生存环境的担忧；“父亲留守村庄，从儿童变为老人/又从老人变为儿童/唯有村庄/一天天衰老，一天天/不见重生（《父亲，在故乡抬死人》）”，一辈子没有走出乡村、靠那片土地生存的父亲们，只能眼睁睁地看着村庄空寂、衰败，却无奈地“朝阳在棺材上滚过去/就是夕照/父亲，把它，一起埋进大地”，这份埋藏，是一铁锨一铁锨死命地铲下去，把痛苦、血泪一并埋下去的决绝与绝望啊。陈克锋的诗不是简单的心灵与现实的写照，他更加注重的，是现实深处的东西，存在着许多彼此牵制和暗喻的力量。“朱鹊桥边野草花，乌衣巷口夕阳斜”，沧海桑田，物换星移，那些平静秀美的山乡村庄，是再也找不到了，回不去了。于是，母亲便领着全家人《到郊外找亲戚》“玉米年纪很小，就老了/胡须越长越长，越长越长/小麦是愣头小子”“一块坷垃姓陈，一只蚱蜢姓高/秋天咕嘟着嘴唇，将蒲公英的种子/吹向天空”；于是，房东两口在楼顶建起的农业，让母亲踏实、让母亲安心，让母亲找到了生活的方向：“站在房东的楼顶/村庄　坐北朝南/菜园　坐北朝南（《楼顶上的农业》）”。诗人把生活中沉甸甸的东西转化为云淡风轻的叙述，在诗人理性的特质里，打开了我内心的门扉，不由想起了自己的母亲初入我生活的这个城市的种种情形来。其实，不仅仅是母亲，我们每一个人，又何尝不是生活的异乡人，时时感受到支离破碎的现实和内心的那份孤寂、无助？

诗人不能漠视现实，能够仰望天空的诗人，必然也会俯视大地。在文学创作中，追求“终其一生，都是在追寻我们童年记忆中的那些真善美”的陈克锋，有理想，有抱负，有追求，生活中的他无疑是成功的，在沂蒙山做首席记者时，他就取得了令人赞誉的成就。早在中学时期，他便以优秀的文笔脱颖而出，20 世纪 90 年代便被誉为“沂南诗坛上的三驾马车”。作为沂蒙山一名敬业爱岗的首席记者，他策划、实施了许多大型活动，尤其对宣传沂蒙无偿献血事业的发展做出了积极的贡献；让梦想照进现实。多年来，他坚持自己的文学信条：“高处的梦想，高些、高些、更高些；低处的飞翔，贴近、贴近、再贴近。”是的，有梦想的人，才会走得更远，做得更好。走出沂蒙后，作为年轻的北漂人，他用超出常人几十倍的努力，凭借自己过人的才华和对文学与生俱来的热爱与坚守，短短时间内，在事业和文学创作上都取得了骄人的成就，尤其是诗歌创作，更是成就非凡，呈现井喷之状。他的诗文集，被列为全国大中专生指定文学教材；他于近年创作的两类题材：一个是北漂简史——从一位隐藏在世俗人群中的诗人的角度，记录观察生活，反映时代变迁的阵痛；一个是母亲的北京城——从乡下母亲对城里人的畏惧、对故土的怀恋、对亲人无法照顾的愧疚，来找到我的童年的影子，他的诗，生活气息浓郁，亲切朴质，表述别开生面，淡雅澄澈，在继承传统与书写现实之间，于平淡中见真醇，于随意中见匠心。无论沉重或轻松，宏大或细微，都剪裁得当，独具匠心，富有沂蒙山人特有的悲悯情怀；于平凡琐屑的日常生活中发现诗意，坚持诗的独立品格，召唤自由的心灵，昭示人们返回存在的家园，具有很强的艺术感染力和独特的艺术风格，无不在社会上拥有了较大的影响，在诗意写作和人生道路上，都达到了人生的一个高度。

陈克锋还是位优秀的淘井人，他用诗意淘出的这口灵魂的井水，一直联通到每个人灵魂的最深处，照见每个人的内心，正如庄子所言“万川归之，不知何时止而不盈；尾闾泄之，不知何时已而不虚”，会永不枯竭。在这个七月的清晨，给我带来了不一样的阅读体验，让我在这口诗意的灵魂深井里，感受出在当下文字世界里，所特有的、无法言说的朴素、清澈、矜贵与美好。

张岚，中国作家协会会员，中国散文学会会员，临沂市作家协会主席、党组书记，副研究馆员、国家二级心理咨询师、国家三级健康管理师。自1994年开始文学创作，多家报刊专栏作家，在省级以上发表作品500余篇，多次获得全国性文学作品大赛一等奖，获省级以上大奖若干。著有散文集《水做的城市》《流年里的花开》《岁月凝香》《岁月静好》。

# 后 记

## 漂泊，永无止期

陈克锋

2008 年 7 月，在纠结了两三年后，我终于离开山东临沂，对安逸的小城生活予以彻底告别。像一个寻找武林高手的剑客，我漂到了北京。这一年，我 32 岁，依然怀揣爱情和梦想，依然有一把激情之火霍霍燃烧。

首先迎接我的，是海淀郊区出租房内的蟑螂。活了 30 多年，我只在电视上见过剿杀蟑螂产品的广告，从未与实物接触过。这一“北京特产”让我开了眼界。开始是一只，接着是三四只，后来就陆续地出现一群，前赴后继。它们钻进我的书本、行李箱交配、下卵，在电脑内躲藏、取暖。直到一次看到剩菜内匆匆忙忙逃出来的蟑螂，我才知道，它们竟然也可以跑进我的饭碗里。我目瞪口呆，立即怀疑是否吃进过蟑螂，呕吐不止。我用书拍，用纸捏，用脚踩，用砖头砸，用火烧，对蟑螂一律剿杀。最后还是发现，无论我走到哪里，这些可恶的家伙都会随着我的行踪，出现在行囊内，走遍大江南北。后来才明白，是我先闯进了它们的生活。

我最初住在顶楼，房内有一根从火炉房引伸到房顶的大烟筒，锈迹斑斑，一碰就掉落一层。夏天，我用报纸糊住，贴上明星彩照，让他们也尝尝漂泊的滋味。冬天，安全起见，只能露出烟筒的真面目。但是，热浪滚滚，最佳取暖效果让我更多地感到了释然。

刚来北京的两个月，我瘦了 10 公斤。在这里，我找不到故乡的煎饼、馒头，吃不到正宗的山东菜，北京的嫩豆腐和四川的水煮鱼曾经让我对人生的这一选择质疑过。直到现在，我偶尔也会坐错公交或地铁。人生地不熟的陌生和孤独，像一场连一场的秋雨，浇得人透心凉。

日子好转后，我收养了一只还没满月的流浪猫。它让我想到了自己。大一点儿后，它白天睡在窗子上，慵懒地枕着北京的阳光和鸟鸣。晚上，便在我的行李箱上打着响亮的呼噜。我上班的时候，它就在外面玩耍。下班后，总能在房门前看到它的身影。我抱起它，看它伸长长的懒腰，用带刺的小舌头舔我的手。住处附近有十多只流浪猫，一律对人高度警惕。我养的流浪猫，曾经多次做过与它们交往的努力，甚至一同拣食过垃圾，却每每呕吐。周末，我便经常看到它目睹对面房顶的流浪猫，与我一样，一脸茫然。

两年后，我搬到中关村，狠狠心“甩掉”了这只流浪猫。我对自己说，一定尽快买套房子，为它安一个家。我和女友几乎每两周去找它一次，给它带最喜欢的火腿肠。房东告诉我们，最初搬离的日子，猫咪一直守在门口叫，声音凄楚，让人揪心。后来，我们住过的地方翻盖新楼，安上了防盗门，猫咪很难进去寻找我们了。这些变化，像一把把刀，时常将我的心割得鲜血直流。诗歌内，便有无数流浪猫的叫声。

后来，女友瞒着我，以“帮朋友养几天”为由收养了一只流浪狗。养出感情后，女友亮出了狗崽的防疫证，无奈，我只得妥协。我们给这只流浪狗取了和上一个流浪猫一样的名字“米米”。此后，我们好多次带着狗米米去找猫米米，都没有找到。留下的，只是我和女友在以前租住的地方学猫叫的声音。

我的《北漂札记》（原名《北漂简史》）就在如此背景下展开了。和我明白当初是我闯进了蟑螂的生活一样，我发现，怀有强烈的漂泊感，即使炎夏内心也孤独地战栗着的，不仅仅是外地人。许多北京人，比我还漂泊、还孤独。因此，我在写自己、写外地人的同时，也在写漂泊和孤独的北京人。我们共同的漂泊，永无止期。

更为强烈的漂泊感来自母亲。11 个月前，女儿出生，母亲从山东老家来到北京。母亲的到来，一下子把故乡带到了我们的出租房内。童年熟悉的人和事渐渐复活，那个让我把枝蔓延伸到千里之外的村庄，却越来越疏远了我。夜里醒来，想到与故乡隔着一个晚上（从北京乘坐当晚11点的火车，翌日清晨到达临沂），我的心时常疼得要命，最疼爱我的外公、外婆，他们的坟小山一样压得我喘不开气。只有写诗的时候，我才能找到自己，才能用这些零碎的记忆和快乐照一照漆黑的路途。为了与常规意义上的《北漂札记》有所区别，我同时为母亲写了另一组诗歌《母亲的北京城》。母亲的迷惑与快乐，都记录在这些琐碎的文字里。

再过几个月，《北漂札记》的写作就满5年了。5年，也意味着我有望用住房公积金贷款在北京购置一套房子，母亲、妻子、女儿和狗米米就能有一个不用提心吊胆住着、唯恐得罪房东和房客的家。那时，我多希望，我们的猫米米能够和那些温暖的记忆一起归来。

2013年2月24日于北京大学蔚秀园

# 三表舅的山泉和我的诗歌

陈克锋

三表舅的村庄有个朴素的名字——桑园。也许，这里以前有大片郁郁葱葱的桑林，只是我没见过。唯一让我记住的，是三表舅自己挖掘的一眼山泉。

在他家门的正南面，二三十米开外的样子，山泉汩汩地翻腾着水花。像是村姑有了喜事，藏不住，掖不牢，突然一下笑出声来。泉眼只有碗口那般大，流出的，却是源源不断的清水。沿着弯弯曲曲的水道，一直淌到半里之外的菜园里。不浇菜、不浇地的时候，山泉就被三表舅用泥巴堵一道坎，稍微一围，水流就乖乖地待在圈子里。虽然也会翻腾着水花，但是不多涨一分一厘，更不会漫过坎，蛮横地冲下山腰去。

母亲听三表舅这样说山泉，就觉出泉的灵性来。父亲在旁边，吸烟、沉默或者微笑。我和家人偶尔走亲戚，就和表姐们在山泉边嬉戏，渴了，两手一捧，就是甘甜的泉水。凉凉的记忆，至今，三十多年了。

山泉也有不听话的时候。大表舅、二表舅和三表舅素来有些磕磕绊绊，因为山泉是三表舅家的，要想浇菜、浇地，必须趁着老三不在的时候，偷着掘开，把水引到自己的地盘。泉水并不在乎他们的恩怨，只要铁锨一说话，只管努力地流，直到一棵棵茄子、一架架的黄瓜重新容光焕发，列队接受检阅。有时，三表舅正巧碰上，恨在心里，也不轻易说。他的山泉，依然悄悄地翻腾着水花，静静地流淌。比他农民卑微、狭隘的爱，绵长、宽广。

自从写第一首诗歌开始，我就知道，这将成为自己一生的爱、恨、情、愁。那种发自肺腑的喜欢乃至热爱，已经让我无法放弃诗歌。尽管，有六年时间，我曾一度停止了诗歌的写作。停止，并不意味着放弃，而是在浮躁的状态中，因为把不到生活的脉搏，使我觉得，哪怕停止，也不可亵渎。我很为自己的停滞而痛苦。这种痛苦，是一个寻找泉眼的人，在骄阳似火的日子，在乱草丛生的石堆，看不到一滴水的绝望和不安。

幸运的是，一位朋友提醒我——你做记者再有名，也不要忘记你真实的诗人身份。我像一只停止喷涌了多年的泉眼，被他的话一镢头刨出了泉水。一颗诗心再度复活。多年的短、平、快、直、硬、利，习惯性地出现在我的诗歌中。另一位朋友建议，要软下来、低下来。他说，软不是弱，是以柔克刚；低不是消沉，是水漫金山。这又让我想到了山泉的翻腾、宛转。醍醐灌顶。

几年前，从故乡一口安逸的井眼内，我如快要死掉的蛙，终于跳了出来，跳进了北漂火热的生活。一锅沸水，没有将我烫伤。相反，因为心中有一眼清泉，我的北漂充满了奇幻色彩。我的诗歌作品，因为足迹的遥远而开始意境辽阔，因为灵魂的触角延伸，意象变得五彩斑斓。

一年前，我又从网络上持续观察了一位濒临死亡边缘的知名诗人。他的人和诗，他走过的山水和雪地，他对死亡的从容和轻盈，他的包容和坚忍，再次让我想到了童年关于泉水的记忆。一个连死都不怕的人，却敬畏着祖国的汉字。一枚一枚地敬畏，像农民珍惜地里的粮食；一行一行地膜拜，像一个虔诚的教徒，祈祷着重生。来自生命的厚重、纵深、宽广，教我重新审视了诗歌的力量。我曾经，那么低地低估了它。我曾经，那么高地高估了它。

曾经有朋友，不止一次地问我，什么样的作品叫好诗？这是一个看似简单的话题，却简单得你无法一下子回答出来。我突然想到了三表舅的山泉，它不矫情、不虚伪、不低俗、不炫耀、不放弃、不徘徊、不狭隘，自自然然、大大方方，包容、隐忍，一尘不染、明明白白，却养心养肺、沁人心脾。它比锋利的石头和山峰低，它比两边倒的草低，它的吟诵比一只蜜蜂的歌唱低，它的一颗诗心比自己的水平面低。它在最低处，最柔情，让人最刻骨、最爱。

我在边走边唱中，学会了低处的飞翔，从而找到一个平民，到达梦想天堂的路。

后来，听父母说，响应新农村建设的号召，大表舅、二表舅和三表舅不得不从半山腰整体搬迁下来，房子被推土机夷为平地。那眼山泉还在，日夜不停地翻腾着水花。像是村姑有了喜事，藏不住，掖不牢，突然一下笑出声来。仿佛，它从来就没什么恩怨情仇；仿佛，它除了爱，只有爱。